U0939747

龙朱

沈从文集
（精装纪念版）

沈从文 著

江苏人民出版社

图书在版编目（CIP）数据

龙朱 : 精装纪念版 / 沈从文著 . — 南京 : 江苏人民出版社 , 2022.12

ISBN 978-7-214-27493-9

Ⅰ. ①龙… Ⅱ. ①沈… Ⅲ. ①短篇小说 – 小说集 – 中国 – 现代 Ⅳ. ①I246.7

中国版本图书馆 CIP 数据核字 (2022) 第 159760 号

书　　名	龙朱（精装纪念版）
著　　者	沈从文
责任编辑	胡海弘
出版发行	江苏人民出版社
地　　址	南京市湖南路 1 号 A 楼，邮编：210009
印　　刷	天津旭丰源印刷有限公司
开　　本	880 mm × 1 230 mm　1/32
印　　张	7
插　　页	4
字　　数	167 000
版　　次	2022 年 12 月第 1 版
印　　次	2022 年 12 月第 1 次印刷
标准书号	ISBN 978-7-214-27493-9
定　　价	45.00 元

目 录

○ ○ ○ 龙朱

□第一　说这个人

郎家苗人中出美男子，仿佛是那地方的父母全曾参与过雕塑天王菩萨的工作，因此把美的模型留给儿子了。族长儿子龙朱年十七岁，是美男子中之美男子。这个人，美丽强壮像狮子，温和谦驯如小羊。是人中模型、是权威、是力、是光。种种比喻全只为了他的美。其他德行则与美一样，得天比平常人都多。

提到龙朱相貌时，就使人生一种卑视自己的心情。平时在各样事业得失上全引不出妒忌的神巫，因为有次望到龙朱的鼻子，也立时变成小气，甚至于想用钢刀去刺破龙朱的鼻子。这样与天作难的倔强野心却生之于神巫。到后又却因为那个美，仍然把这神巫克服了。

郎家，以及乌婆、彝族、花帕、长脚各族[1]，人人都说龙朱相貌长得好，如日头光明，如花新鲜。正因为这样说话的人太多，无量的阿谀，反而烦恼了龙朱。好的风仪用处不是得阿谀（龙朱的地位，已就应当得到各样人的尊敬歆羡了）。既不能在女人中煽动勇敢的悲欢，好的风仪全成为无意思之事。龙朱走到水边去，照过了自己，相信自己的好处，又时时用铜镜检查自己，觉得并不为人过誉。然而结果如何呢？似乎龙朱不像是

[1] 乌婆、花帕、长脚，以及后面提到的白脸族等，均为作者虚设。

应当在每个女子理想中的丈夫那么平常，因此反而与妇女们离远了。

女人不敢把龙朱当成目标，做那荒唐艳丽的梦，不是女人的过错。在任何民族中，女子们，不能把神做对象，来热烈恋爱，来流泪流血，不是自然的事吗？任何种族的妇人，原永远是一种胆小知分的生物，要情人，也知道要什么样情人才合乎身份。纵其中并不乏勇敢不知事故的女子，也自然能从她的不合理希望上得到一种好教训。相貌堂堂是女子倾心的缘由，但一个过分美观的身材，却只做成了与女子相远的方便。谁不承认狮子是孤独兽物？狮子永远孤独，就只为了狮子全身的纹彩与众不同。

龙朱因为美，有那与美同来的骄傲不？凡是到过青石冈的苗人，全都能赌咒作证，否认这个事。人人总说总爷的儿子，从不用地位虐待过人畜，也从不闻对长年老辈妇人女子失过敬礼。在称赞龙朱的人口中，总还不忘同时提到龙朱的相貌。全寨中，年轻汉子们，有与老年人争吵事情时，老人词穷，就必定说，我老了，你年轻人，干吗不学龙朱谦恭对待长辈？这青年汉子，若还有羞耻心存在，必立时遁去，不说话，或立即认错，作揖赔礼。一个妇人与人谈到自己儿子，总常说，儿子若能像龙朱，那就卖自己与江西布客，让儿子得钱花用，也愿意。所有未出嫁的女人，都想自己将来有个丈夫能与龙朱一样。所有同丈夫吵嘴的妇人，说到丈夫时，总说你不是龙朱，真不配管我磨我，你若是龙朱，我做牛做马也甘心情愿。

还有，一个女人同她的情人，在山洞里约会，男子不失约，女人第一句赞美的话总是“你真像龙朱”。其实这女人并不曾同龙朱有过交情，也未尝听到谁个女人向龙朱约会过。

一个长得太标致了的人，是这样常常容易为别人把名字放到口上咀嚼的。

龙朱在本地方远远近近，得到如此尊敬爱重。然而他是寂寞的。这人是兽中之狮，永远当独行无伴！

在龙朱面前，人人觉得极卑小，把男女之爱全抹杀，因此这族长的儿子，却仿佛永远无从爱女人了。女人中，属于乌婆族，以出产多情才貌女子著名地方的女人，也从无一个敢来到龙朱的面前，闭上一只眼，荡着她上身，向龙朱挑情。也从无一个女人，敢把她绣成的荷包，掷到龙朱身边来。也从无一个女人，敢把自己姓名与龙朱姓名编成一首歌，来在跳年时节唱。然而所有龙朱的亲随，所有龙朱的奴仆，又正因为强壮美好，正因为与龙朱接近，如何在一种沉醉狂欢中享受这个种族中年轻女人小嘴长臂的温柔！

"寂寞的王子，向神请求帮忙吧。"

使龙朱生长得如此壮美，是神的权力，也就是神所能帮助龙朱的唯一事。至于要女人倾心，是人的事啊！

要自己，或他人，设法使女人来在面前唱歌，疯狂中裸身于草席上面献上贞洁的身，只要是可能，龙朱不拘牺牲自己所有任何物，都愿意。然而不行。任怎样设法，也不行。齐梁桥的洞口终于有合拢的一日，不拘有人能说在高大山洞合拢以前，龙朱能够得到女人的爱，是不可信的事。

民族中积习，折磨了天才与英雄，不是在事业上粉骨碎身，便是在爱情中退位落伍。这不仅仅是郎家王子的寂寞，他一种族中人，也总不缺少同样的故事！不是怕受天责罚，也不是另有所畏，也不是预言者曾有明示，也不是族中法律限制，自自然然，所有女人都将她的爱情，给了一个男子，轮到龙朱却无份了。

在寂寞中龙朱是用骑马猎狐以及其他消遣把日子混下去的。

日子如此过了四年，他二十一岁。

四年后的龙朱，没有与以前日子龙朱两样处。另一方面也许可以指出一点儿不同来，那就是说如今的龙朱，更像一个好情人了。年龄在这个神工打就的身体上，增加上了些更表示“力”更像男子的东西，应长毛的地方生长了茂盛的毛，应长肉的地方添上了结实的肉。一颗心，则同样因为年龄所补充的，更其能顽固地预备承受爱、给予爱了。

他越觉得寂寞。

虽说齐梁洞并没有合拢，二十一岁的人年纪算轻，来日正长，前途大好，然而什么时候是那补偿填还时候呢？有人能作证，说天所给别的男子的那一份幸福与苦恼，过不久也将同样分派给龙朱吗？有人敢包，说到另一时，会有个初生之犊一般的女人，不怕一切来爱龙朱吗？

郎家族男女结合，在唱歌。大年时，端午时，八月中秋时，以及跳年刺牛大祭时，男女成群唱、成群舞。女人们，各自穿了峒锦衣裙，各戴花擦粉，供男子享受。平常时，大好天气下，或早或晚，在山中深洞，在水滨，唱着歌，把男女吸到一块来，即在太阳或月亮下，成了熟人，做着只有顶熟的人可做的事。在此习惯下，一个男子不能唱歌他是种羞辱，一个女子不能唱歌她不会得到好丈夫。抓出自己的心，放在爱人的面前，方法不是钱，不是貌，不是门阀也不是假装的一切，只有真实热情的歌。所唱的，不拘是健壮乐观，是忧郁，是怒，是恼，是眼泪，总之还是歌。一个多情的鸟绝不是哑鸟。一个人在爱情上无力勇敢自白，那在一切事业上也全是无希望可言，这样人绝不是好人！

那么龙朱必定是缺少这一项，所以不行了？

事实又并不如此。龙朱的歌全为人引作模范的歌。用歌发誓的青年男子女人，全采用龙朱誓歌那一个韵。一个情人被对方的歌窘倒时，总说胜利人拜过龙朱做歌师傅。凡是龙朱的声音，别人都知道。凡是龙朱唱的歌，无一个女人敢接声。各样的超凡人圣，把龙朱摒除于爱情之外，歌的太完全太好，也仿佛成为一种吃亏理由了。

有人拜龙朱做歌师傅的话，也是当真的。手下的用人，或其他青年汉子，在求爱时腹中歌词为女人逼尽，或为一种浓烈情感扼着了他的喉咙，歌唱不出心中的恩怨，来请教龙朱，龙朱总不辞。经过龙朱的指点，结果是多数把女子引回家，成了管家妇，或者到山洞中，互相把心愿了销。熟读龙朱的歌的男子，博得美貌善歌的女人倾心，也有过许多人。但是歌师傅永远是歌师傅，直接要龙朱教歌的，总全是男子，并无一个年轻女人。

龙朱是狮子，只有说这个人是狮子，可以使平常人对于他的寂寞得到一种解释！

当地年轻女人到什么地方去了呢？懂得唱歌要男人的，都给一些歌战胜，全引诱尽了。凡是女人都明白在情欲上的固持是一种痴处，所以女人宁愿减价卖出，无一个敢屯货在家。如今是只能让日子过去一个办法，因了日子的推迁，希望那新生的犊中也有那不怕狮子的犊在。

龙朱就常常这样自慰着度着每个新的日子，人事凑巧处正多着，在齐梁桥洞口合拢以前，也许龙朱仍然可以得着一种好运。

◘第二　说一件事

中秋大节的月下整夜歌舞，已成了过去的事了。大节的来临，反而更寂寞，也成了过去的事了。如今已到了九月。打完谷子了。拾完桐子了。红薯早挖完下窖了。冬鸡已上孵，快要生出小鸡了。连日晴明出太阳，天气冷暖宜人。年轻女子全都负了柴耙同篾笼上坡扒草。各处山坡上都有歌声，各处山洞里，都有情人在用干草铺就并撒有野花的临时床铺上并排坐或并头睡。这九月是比春天还好的九月。

龙朱在这样时候更多无聊。出去玩，打鸠本来非常相宜，然而一出门，就听到各处歌声，到许多地方又免不了要碰着那成双作对的人，于是大门也不敢出了。

无所事事的龙朱，每天只在家中磨刀，这预备在冬天来剥豹皮的刀，是宝物，是龙朱的朋友。无聊无赖的龙朱，是用着那“一日数摩挲剧于十五女”的心情来爱这口宝刀的。刀用清油在一方小石上磨了多日，光亮到暗中照得见人，锋利到把头发放近刀口，吹一口气发就成两截。然而他还是每天把这把刀来磨砺。

某天，一个比平常日子似乎更像是有意帮助青年男女“野餐”的一天，黄黄的日头照满全村，龙朱仍然在阳光下磨刀。

在这人脸上有种孤高鄙夷的表情，嘴角的笑纹也变成了一条对生存感到烦厌的线。他时时凝神听察堡外远处女人的尖细歌声，又时时顾望天空。黄日头临照到他一身，使他身上有春天般的温暖。天是蓝天，在蓝天做底的景致中，常常有雁鹅排成“人”字或“一”字写在那虚空。龙朱望到这些也不笑。

什么事把龙朱变成这样阴郁的人呢？郎家、乌婆、彝族、花帕、长脚……每一族的年轻女人都应负责，每一对年轻情人都应致歉。妇女们，在爱情选择中遗弃了这样完全人物，是菩萨神鬼不许可的一件事，是爱神的耻辱，是民族灭亡的先兆。女人们对于恋爱不能发狂，不能超越一切利害去追求，不能选她顶欢喜的一个人，不论是什么种族，这种族都近于无用。

龙朱正磨刀，一个五短身材的奴隶走到他身边来，伏在龙朱的脚边，用手攀他主人的脚。

龙朱瞥了一眼，仍然不作声，低头磨刀。

这个奴隶抚着龙朱的脚也不作声。

远处正有一片歌声飞来。过了一阵，龙朱发声了，声音像唱歌，在糅合了庄严和爱的调子中夹着一点儿愤懑，说："矮子，你又不听我话，做这个样子！"

"主，我是你的奴仆。"

"难道你不想做朋友吗？"

"我的主，我的神，在你面前我永远卑小。谁人敢在你面前平排？谁人敢说他的尊严在美丽的龙朱面前还有存在必需！谁人不愿意永远为龙朱做奴做婢？谁……"

龙朱用顿足制止了矮奴的奉承，然而矮奴仍然把最后一句"谁个女子敢想象爱上龙朱？"恭维得不得体的话说毕，才站起来。

矮奴站起了，也仍然如平常人跪下一般高。矮人似乎真适宜于做奴隶的。

龙朱说："什么事使你这样可怜？"

"在主面前看出我的可怜，这一天我真值得生存了。"

"你人太聪明了。"

"经过主的称赞呆子也成了天才。"

“我说的是毫不必需的聪明。是令人讨厌的废话。我问你，到底有什么事？”

“是主人的事，因为主在此事上又可见出神的恩惠。”

“你这个只会唱歌不会说话的人，真要我打你了。”

矮奴到这时才把话说到身上。这时他哭着脸，表明自己的苦恼和失望，且学着龙朱生气时顿足的神气。这行为，若在别人猜来，也许以为矮子服了毒，或者肚脐被山蜂所螫，所以做成这样子，表明自己痛苦，至于龙朱，则早已明白，猜得出矮子的郁郁不乐，不出赌博输钱或失欢女人两件事。

龙朱不作声，高贵地笑，于是矮子说：“我的主，我的神，我的事是瞒不了你的。在你面前的仆人，又被一个女子欺侮了！”

“得了，谁能欺侮你？你是一只会唱谄媚曲子的鸟，被欺侮是不会有的事！”

“但是，主，爱情把仆人变成一只蠢鸟了。”

“只有人在爱情中变聪明的事。”

“是的，聪明了，仿佛比其他时节聪明了一点点，但在一个比自己更聪明的人面前，我看出我自己蠢得像一只猪。”

“你这土鹦哥平日的本事往什么地方去了？”

“平时哪里有什么本事呢！这只土鹦哥，嘴巴大，身体大，唱的歌全是学来的歌，不中用。”

“把你所学的全唱唱，也就很可以打胜仗。”

“唱虽唱过了，还是失败。”

龙朱皱了一皱眉毛，心想这事怪。

然而一低头，望到矮奴这样矮，便了然于矮奴的失败是在身体，不是在歌喉了，龙朱微笑说：“矮东西，莫非是为你相貌把事情弄坏了？”

“但是她并不曾看清楚我是谁。若果她知道我是在美丽无比的龙朱王子面前的矮奴，那她早被我引到黄虎洞做新娘子了。”

“我不信。一定是你土气太重。”

“主，我赌咒。这个女人不是从声音上量得出我身体长短的人。但她在我的歌声上，却一定把我心的长短量出了。”

龙朱还是摇头，因为自己即或见到矮人站在面前，至于度量这矮奴心的长短，还不能够的。

“主，请你信我的话。这是一个美人，许多人唱枯了喉咙，还为她所唱败！”

“既然是好女人，你也就应当把喉咙唱枯，为她吐血，才是爱。”

“我喉咙枯了，才到主面前来求救。”

“不行不行，我刚才还听过你恭维了我一阵，一个真真为爱情绊倒了脚的人，他绝不会过一阵又能爬起来说别的话！”

“主啊，”矮奴摇着他那颗大头颅，悲声地说道，“一个死人在主面前，也总有话赞扬主的完全美好，何况奴仆呢？奴仆是已为爱情绊倒了脚，但一同主人接近，仿佛又勇气勃勃了。主给人的勇气比何首乌补药还强十倍。我仍然唱去了。让人家战败了，我也不说是主的奴仆，不然别人会笑主用着这样一个蠢人，丢了郎家的光荣！”

矮奴于是走了。但最后说的几句话，却激起了龙朱的愤怒，把矮子叫着，问，到底女人是怎样的女人。

矮奴把女人的脸、身，以及歌声，形容了一次。矮奴的言语，正如他自己所称，是用一支秃笔与残余颜色涂在一块破布上的。在女人的歌声上，他就把所有青石冈地方有名的出产比喻净尽。说到像甜酒，说到像枇杷，说到像三羊溪的鳜鱼，说到像大兴场的狗肉，仿佛全是可吃的东西。矮奴用口作画的本领并不蹩脚。

在龙朱眼中，看得出矮奴有点儿饥饿，在龙朱心中，则所引起的，似乎也同甜酒狗肉引起的欲望相近。他有点儿好奇，不相信，就同到一起去看看。

正想设法使龙朱快乐的矮奴，见说主人要出去，当然欢喜极了，就着忙催主人出寨门往山中去。

不一会儿，这郎家的王子就到山中了。

藏在一堆干草后面的龙朱，要矮奴大声唱出去，照他所教的唱。先不闻回声。矮奴又高声唱。过一会儿，在对山，在毛竹林里，却答出歌来了。音调是花帕族中女子悦耳的音调。

龙朱把每一个声音都放到心上去，歌只唱三句，就止了。有一句留着待答歌人解释。龙朱就告给矮奴答复这一句歌。又教矮奴也唱三句出去，等那边解释。龙朱的歌意思是：凡是好酒就归那善于唱歌的人喝，凡是好肉也应归善于唱歌的人吃，只是你姣好美丽的女人应当归谁？

女人就答一句，意思是：好的女人只有好男子才配。她且即刻又唱出三句歌来，就说出什么样男子方是好男子。说好男子时，提到龙朱的大名，又提到别的两个人的名，那另外两个名字却是历史上的美男子名字，只有龙朱是活人。女人的意思是：你不是龙朱，又不是××××，你与我对歌的人究竟算什么人？你糊涂，你不用妄想。

“主，她提到你的姓名！她骂我！我就唱出你是我的主人，说她只配同主人的奴隶相交。”

龙朱说："不行，不要唱了。"

"她胡说，应当要让她知道她是只够得上为主人擦脚的女子。"

然而矮奴见龙朱不作声，也不敢回唱出去了。龙朱的心深沉到刚才几句歌中去了。他料不到有女人敢这样大胆。虽然许多女子骂男人时，都总说"你不是龙朱"，这事却又当别论了。因为这时谈到的正是谁才配爱她的问题。女人能提出龙朱名字来，女人骄傲也就可知了。龙朱想既然这样，就让她先知道矮奴是自己的用人，再看情形如何。

于是矮奴依照龙朱所教的，又唱了四句。歌的意思是：吃酒糟的人何必说自己量大，没有根柢的人也休想同王子要好，若认为掺了水的酒总比酒糟还行，那与龙朱的用人恋爱也就很写意了。

谁知女子答得更妙，她用歌表明她的身份，说，只有乌婆族的女人才同龙朱用人相好，花帕族女人只有外族的王子可以论交，至于花帕苗中的自己，为预备在郎家苗中与男子唱歌三年，再来同龙朱对歌的。

矮子说："我的主，她尊视了你却小看了你的仆人，我要解释我这无用用人并不是你的仆人，免得她知道了耻笑！"

龙朱对矮奴微笑，说："为什么你不应当说'你对山的女子，胆量大就从今天起始来同我龙朱主人对歌'呢？你不是先才说到要她知道我在此，好羞辱羞辱她吗？"

矮奴听龙朱说的话，还不很相信得过，以为这只是主人说的笑话。他想不到主人因此就会爱上这个狂妄大胆的女人。他以为女人不知对山有龙朱在，唐突了主人，主人纵不生气，自己也应当生气。告女人龙朱在此，则女人虽觉得羞辱了，可是自己的事情也完了。

龙朱见矮奴迟疑，不敢接声，就打一声吆喝，让对山人明白，表示还有接歌的气概，尽女人起头。龙朱的行为使矮奴发急，矮奴说："主，你在这儿我已没有歌了。"

"你照我意思唱下去，问她胆子既然这样大，就拢来，看看这个如虹如日的龙朱。"

"我当真要她来？"

"当真！要来我看看是什么样女人，敢轻视我们说不配同花帕族女子相好！"

矮奴又望了望龙朱，见主人情形并不是在取笑他的用人，就全答应下来了。他们歌唱出口后，于是等待着女子的歌声，稍过一会儿，女子果然又唱起来了。所唱的意思是：对山的竹雀你不必叫了，对山的蠢人你也不必唱了，还是想法子到你龙朱王子的奴仆跟前学三年歌，再来开口。

矮奴说："主，这话怎么回答？她要我跟龙朱的用人学三年歌，再开口，她还是不相信我是你最亲信的奴仆，还是在骂我郎家苗的全体！"

龙朱告矮奴一首非常有力的歌，唱过去，那边好久好久不回。矮奴又提高喉咙唱。回声来了大骂矮子，说矮奴偷龙朱的歌，不知羞，至于龙朱这个人，却是值得在走过的路上撒满鲜花的。矮奴烂了脸，不知所答。年轻的龙朱，再也不能忍下去了，小心小心，压着了喉咙，平平地唱了四句。声音的低平仅仅使对山一处可以明白，龙朱是正怕自己的歌使其他男女听到，因此哑喉半天的。龙朱的歌中意思就是说：唱歌的高贵女人，你常常提到郎家苗一个平凡的名字使我惭愧，因为我在我族中是最无用的人，所以我族中男子在任何地方都有情人，独名字在你口中出入的龙朱却仍然是个独身。

不久，那一边像思索了一阵，也幽幽地唱和起来了，唱的是：你自称为郎家苗王子的人我知道你不是，因为这王子有银锣银钟的声音，本来呢，拿所有花帕苗年轻女子供龙朱做垫还不配，但爱情是超过一切的事情，所以你也不要笑我。所歌的意思，极其委婉谦和，音节又极其整齐，是龙朱从不闻过的好歌。因为对山女人总不相信与她对歌的是龙朱，所以龙朱不由得不放声唱了。

这歌是用顶精粹的言语，自顶纯洁的一颗心中摇着，从一个顶甜蜜的口中喊出，成为顶热情的音调。这样一来所有一切声音仿佛全哑了。一切鸟声与一切远处歌声，全成了这王子歌时和拍的一种碎声。对山的女人，从此沉默了。

龙朱的歌一出口，矮奴就断定了对山再不会有回答。这时节等了一阵，还无回声，矮奴说："主，一个在奴仆当来是劲敌的女人，不等主的第二个歌已压倒了。这女人不久前还说大话，要与郎家王子对歌，她学三十年还不配！"

矮奴不问龙朱意见，许可不许可，就又用他不高明的中音唱道：

你花帕族中说大话的女子，
大话以后不用再说了，
若你欢喜做郎家王子仆人的新妇，
他愿意你过来见他的主同你的夫。

仍然不闻有回声。矮奴说，这个女人莫非害羞上吊了吧。

矮奴说的原只是笑话，然而龙朱却说过对山看看去。龙朱说后就走，沿山谷流水沟下去。跟到龙朱身后追着，两手拿了一大把野黄菊同山红果的，是想做新郎的矮奴。

矮奴常说，在龙朱王子面前，跛脚的人也能跃过阔涧。这话是真的。如今的矮奴，若不是跟了主人，这身长不过四尺的人，就绝不会像腾云驾雾一般地飞！

◘ 第三　唱歌过后一天

“狮子，我说过你，永远是孤独的！”郎家为一个无名勇士立碑，曾有过这样句子。

龙朱昨天并没有寻着那唱歌人。到女人所在处的毛竹林中时，不见人。人走去不久，只遗了无数野花。跟踪各处追，还是见不着。各处找遍了，山中不少好女子，各躺在草地唱歌歇憩，见龙朱来时，识与不识都立起来怯怯的，如为龙朱的美所征服。见到的女子，问矮奴是不是那一个人，矮奴总摇头。

龙朱又重回到女人唱歌地方，别无所有，只见一片落英洒在垫坐的干草上。望到这个野花的龙朱，如同嗅过血腥气的小豹，虽按捺自己咆哮，仍不免要憎恼矮奴走得太慢。其实那走在前面的是龙朱，矮奴则两只脚像贴了神行符，全不自主，只仿佛像飞。矮奴无过错。不过女人比鸟儿，这称呼得实在太久了，不怕主仆二人走得怎样飞快，鸟儿毕竟还是先已飞往远处去了！

天气渐渐夜下来，各处有鸡叫，各处有炊烟，龙朱废然归了家。那想做新郎的矮奴，跟在主人的后面，把所有的花全丢了，两只长手垂到膝下，还只说见了她非抱她不可，万料不到自己是拿这女人在主人面前开了多少该死的玩笑！天气当时原是夜下来了。矮奴又是跟在龙朱王子的后面，望不到主人脸上的颜色。一个聪明的仆人，即或怎样聪明，总也不会闭了眼睛知道主人心情的。

龙朱过了一个特别的烦恼日子，半夜睡不着，起来怀了宝刀，披上一件豹皮小褂，走到堡墙上去瞭望。无所闻，无所见，入目的只是远山上的野烧明灭。各处村庄全睡尽了，大地也睡了。寒月凉露，助人悲思，于是这个少年王子，仰天叹息，悲怀抑郁。且远处山下，听有孩子哭声，如半夜醒来吃奶时情形，龙朱更难自遣。

龙朱想，这时节，各地各处，那洁白如羔羊温和如鸽子的女人，岂不是全都正在新棉絮中做好梦？当地的青年，在日里唱歌倦了的心，做工疲倦了的身体，岂不是在这时节也全得到休息了吗？只有那扰乱了自己心胃的女人，究竟在什么地方呢？她不应当如同其他女人，在新棉絮中做梦。她不应当有睡眠。她这时应当来思索她所歆慕的王子的歌声。她应当野心扩张，希望我凭空而下。她应当为思我而流泪，如悲悼她情人的死去……但是，这女子究竟是什么人的女儿？

烦恼中的龙朱，拔出刀来，向天作誓说："你大神，你老祖宗，神明在左在右，我龙朱不能得到这女人做妻，我永远不与女人同眠，承宗接祖事我不负责！若爱情必须用血来调换时，我愿意在神面前立约，我如得到她，斫下一只手也不翻悔！"

立过誓后的龙朱，回转自己的屋中，和衣睡了。睡后不久，就梦到女人缓缓唱歌而来，身穿白衣白裙，钉满了小小银泡，头发纷披在身后，模样如救苦救难观世音。女人的神奇，使郎家王子屈膝，倾身膜拜。但是女人却不理会，越去越远了。郎家王子就赶过去，拉着女人的衣裙。女人回过头笑了。女人一笑龙朱就勇敢了，这王子猛如豹子擒羊，把女人连衣抱起飞向一个最近的山洞中去。龙朱做了男子。龙朱把最武勇的力，最纯洁的血，最神圣的爱，全献给这梦中女子了。

郎家的大神是能护佑青年情人的，龙朱所要的，业已由神帮助得到了。

日里的龙朱，已明白昨夜一个好梦所交换的是些什么了，精神反而更充实了一点儿，坐到那大石礅上晒太阳，在太阳下深思人世苦乐的分界。

矮奴愁眉双结走进院中来，来到龙朱脚边伏下，龙朱轻轻用脚一踢，就乘势一个筋斗，翻身而起。

“我的主，我的神，若不是因为你有时高兴，用你尊贵的脚踢我，奴仆的筋斗绝不至于如此纯熟！”

“讨厌的东西，你该打十个嘴巴。”

“那大约因为口牙太钝，本来是在主跟前的人，无论如何也应当比奴仆聪明十倍！”

“唉，矮陀螺，你又在做戏了。我警告了你不知道有多少回，不许这样，难道全都忘记了吗？你大约似乎把我当作情人，来练习一种精粹谄媚技能吧？”

“主，惶恐！奴仆是当真有一种野心，在主面前来练习一种技能，以便将来把主的神奇编成历史的。”

“你近来一定赌博又输了，缺少钱扳本，一个天才在穷时越显得是天才，所以这时节的你到我面前时寡话就特别多。”

“主啊，是的。我赌输了，损失不少。但输的不是金钱，是爱情！”

“我以为你肚子这样大，爱情纵输也输不尽的！”

“用肚子大小比爱情贫富，主的想象真是历史上大诗人的想象。不过……”

矮奴从龙朱脸上看出龙朱今天情形不同往日，所以不说了。这据说爱情上赌输了的矮奴，看得出主人有要出去走走的样子，就改口说：“主，这样好的天气，真是日头神特意为主出游而预备的天气，不出去像不大对得起这大神一番好意！”

龙朱说：“日神为我预备的天气我倒好意思接受，你为我预备的恭维我可受不了。”

“本来主并不是人中的皇帝，要依靠恭维阿谀而生存。主是天上的虹，同日头与雨一块儿长在世界上的，赞美形容自然多余。”

“那你为什么还是这样唠唠叨叨？”

“在美好月光下野兔也会跳舞，在主的光明照耀下我当然比野兔聪明一点儿。”

“够了！随我到昨天唱歌女人那地方去，或者今天可以见见那个女人。”

“主呵，我就是来报告这件事。我已经探听明白了。女人是黄牛寨寨主的姑娘。据说这寨主除会酿制好酒以外就是会养女儿。寨中据说姑娘有三个，这是第三的，还有大姑娘二姑娘不常出来。不常出来的据说生长得更美。这全是有福气的人享受的！我的主，我当听到女人是这家人的姑娘时，我才知道我是一只癞蛤蟆。这样人家的姑娘，为郎家王子擦背擦脚，勉勉强强。主若是想要，我们就差人抢来。”

龙朱稍稍生了气，说：“给我滚了吧，矮子，郎家的王子是抢别人家的女儿的吗？说这个话不知羞吗？”

矮奴当真就把身蜷成一个球，滚到院中一角去。是这样，算是知羞了。然而听过矮奴的话以后的龙朱怎么样呢？三个女人就在离此不到三里路的堡寨里，自己却一无所知，郎家的王子真是多么愚蠢！到第三的小鸟也能出窠迎太阳与生人唱歌，那大姐二姐早已成了熟透的桃子多日了。让好女人守在家中等候那命运中远方大风吹来的美男子作配，这是神的意思。但是神这意思又是多么自私！龙朱如今既把情形探明白了，也不要风，也不要雨，自己马上就应当走去！

龙朱不再理会矮奴就跑出去了。矮奴这时节正在用手代足走路，做戏法娱龙朱，见龙朱一走，知道主人脾气，也忙站起身追出去。

“我的主，慢一点儿，别太忙！在笼中畜养的雀儿是始终飞不远的。主，你白忙有什么用？”

龙朱虽听到后面矮奴的声音，却仍不理会，如一支箭向黄牛寨射去。

快要到大寨边，郎家的王子是已全身略觉发热了。这王子，一面想起许多事，还是要矮奴才行，于是就去到一株大榆树下的青石礅上歇憩。这个地方再有两箭远近就是那黄牛寨用石砌成的寨门了。树边大路下是一口大井。溢出井外的水成一小溪活活流着，溪水清明如玻璃，井边有人低头洗菜，龙朱顾望这人的背影是一个青年女子，心就一动。一个圆圆肩膀，一个大大的发髻，髻上簪了一朵小黄花。龙朱就目不转睛地注意这背影转移，以为总可以有机会见到她的脸。在那边大路上，矮奴却像一只海豹匍匐气喘走来了。矮奴不知道路下井边有人，只望到龙朱，恐怕龙朱冒冒失失走进寨里去却一无所得，就大声嚷：“我的主，我的神，你不能冒失进去，里面的狗像豹子！虽说你是山中的狮子，无怕狗道理，但是为什么让笑话留给这花帕族，说狮子会被家养的狗吠过呢？”

龙朱也来不及喝止矮奴，矮奴的话却全为洗菜女人听到了。听到这话的女人，就哧地笑了。且知道有人在背后，才抬起头回转身来，望了望路边人是什么样子。

这一望情形全了然了。不必道名通姓，也不必再看第二眼，女人就知道路上的男子便是郎家的王子，是昨天唱过了歌今天追跟到此的王子。郎家王子也同样明白了这洗菜的女人是谁。平时气宇轩昂的龙朱，看日头不睒眼睛，看老虎也不动心，只略微把目光与女人清冷的目光相遇，却忽然觉得全身缩小到可笑的情形中了。女人的头发能系大象，女人的声音能制怒狮，这青年王子屈服到这寨主女儿面前，也是平平常常的一件事啊！

矮奴走到了龙朱身边，见到龙朱失神失志的情形，又望见了井边女人的背影，情形已明白了五分。他知道这个女人就是那昨天唱歌被主人收服的女人，且知道这时候无论如何女人也明白蹲在路旁石礅上的男子是龙朱。他有点儿慌张，不知所措，对龙朱做出一种呆样子，又用一手掩自己的口，一手指女人。

龙朱轻轻附到他耳边说：“聪明的扁嘴，这时节，是你做戏的时节！”

矮奴于是咳了一声嗽。女人明知道了头却不回。矮奴于是又把音调弄得极其柔和，像唱歌一样地开口说道：“郎家王子的仆人昨天做了错事，今天特意来当到他主人在姑娘面前赔礼。不可恕的过失永远不可恕，因此我如今把姑娘想对歌的人引导前来了。”

女人头不回，却轻轻说道：“跟着凤凰飞的乌鸦也比锦鸡还好。”

矮奴说：“这乌鸦若无凤凰在身边，就有人要拔它的毛……”

说出这样话的矮奴，毛虽不曾拔，耳朵却被龙朱拉长了。小子知道了自己猪八戒性质未脱，赶忙赔礼作揖。听到这话的女人，笑着回过头来，见到矮奴情形，更好笑了。

矮奴见女人掉回了头，就又说道：“我的世界上唯一良善的主人，你做错事了。”

“为什么？”龙朱很奇怪矮奴有这种话，所以追问。

“你的富有与慷慨，是各族中全知道的，所以用不着在一个尊贵的女人面前赏我金银，那本来不必需。你的良善宣传远近，所以你故意这样教训你的奴仆，别人也相信你不是会发怒的人。但是你为什么不差遣你的奴仆，为那花帕族的尊贵姑娘把菜篮提回，表示你应当同她说说话呢？”

郎家的王子与黄牛寨主的女儿，听到这个话全笑了。

矮奴话还说不完，才责备了主人又来自责。他说：“不过郎家王子的仆人，照理他应当不必主人使唤就把事情做好，这样他才配说是龙朱好仆人——”

于是，不听龙朱发言，也不待那女人把菜洗好，走到井边去，把菜篮拿来挂到屈着的手肘上，向龙朱眨了一下眼睛，却回头走了。

龙朱迟了许久才走到井边去。

十天后，龙朱用三十只牛三十坛酒下聘，做了黄牛寨寨主的女婿。

一九二九年作于上海

○ ○ ○ 神巫之爱

◘ 第一天的事

在云石镇寨门外边大路上，有一群花帕青裙的美貌女子，守候那神的神巫来临。人数约五十，全是极年轻，不到二十三岁以上，各打扮得像一朵花。人人能猜拟神巫带来神的恩惠给全村的人，却带了自己的爱情给女人中的某一个。因此凡是寨中年轻貌美的女人，都愿意这幸福能落在她头上，所以全来到此地了。她们等候那神巫来到，希望幸运留在自己身边，失望分给众人，结果就把神巫同神巫的马引到自己的家中；把马安顿在马房，把神巫安顿在她自己的有新麻布帐子山棉做絮的房里。

在云石镇的女人心中，把神巫款待到家，献上自己的身，给这神之子受用，是以为比做土司的夫人还觉得荣幸的。

云石镇的住民，属于花帕族。花帕族的女人，正仿佛是为全世界上好男子的倾心而生长得出名美丽的，下品的下品至少还有一双大眼睛与长眉毛，使男子一到面前就甘心情愿做奴当差。今天的事，却是许多稍次的女人也不敢出面竞争了。每一个女人，能多将神巫的风仪想想，又来自视，无有不气馁失神，嗒然归去的。

在一切女人心中，这男子应属于天上的人。纵代表了神，到各处降神的福佑，与自己的爱情，却从不闻这男子恋上了谁个女人。各处女人用颜色或歌声尽一切的诱惑，神巫直到如今还是独身，神巫大约是在那里有所等候的。

神巫是在等待谁？生在世间的人，不是都得渐渐老去么？美丽年轻不是很短的事么？眼波樱唇，转瞬即已消逝，神巫所挥霍抛弃的女人的热情，实在已太多了。就是今天的事，五十人中倘有一个为神巫加了青眼，那就有其余四十九人对这青春觉到可恼。美丽的身体若无炽热的爱情来消磨，则这美丽也等于累赘。花帕族及其他各族，女人之所以精致如玉，聪明若冰雪，温柔如棉絮，也就可以说是全为了神的儿子神巫来注意的！

好的女人不必用眼睛看，也可以从其他感觉上认识出来的。神巫原是有眼睛的人，就更应当清楚各部落里美中完全的女人是怎样多。为完成自己一种神所派遣到人间来的意义，他一面为各族诚心祈福，一面也应当让自己的身心给一个女人所占有！

是的，他明白这个。他对于这事情比平常人看得更分明。他并无奢望，只愿意得到一种公平的待遇。在任何部落中总不缺少那配得上他的女人，眯着眼，抿着口，做着那欢迎他来摆布的样子。他并不忘记这事情！许多女人都能扰乱他的心，许多女人都可以差遣他流血出力。可是因为另外一种理由，终于把他变成骄傲如皇帝了。他因为做了神之子，就仿佛无做人间好女子丈夫的份了。他知道自己的风仪是使所有的女人倾倒，所以本来不必伟大的他，居然伟大起来了。他不理任何一个女人，就是不愿意放下了其余许多美的女子去给世上坏男人脏污。他不愿意把自己身心给某一女人，意思就是想使所有世间好女人都有对他长远倾心的机会。他认清楚神巫的职分，应当属于众人，所以他把他自己爱情的门紧闭，独身下来，尽众女人爱他。

每到一处，遇到有女人拦路欢迎，这男子便把双眼闭上，拒绝诱惑。女人却多以为因自己貌丑，无从使神巫倾心，引惭退去。落了脚，住到一个宿处后，所有野心极大的女人，便来在窗外吹笛唱歌。本来窗子是开的，神巫也必得即刻关上，仿佛这歌声烦恼了他，不得安静。有时主人自作聪明，见到这种情形，必定还到门外去用恶声把逗留在附近的女人赶走，神巫也只对这头脑单纯的主人微笑，从不说过主人是做错了事。

花帕族的女人，在恋爱上的野心等于白脸族男子打仗的勇敢，所以每次闻神巫来此作傩，总有不少的人在寨外来迎接这美丽骄傲如狮子的神巫。人人全不相信神巫是不懂爱情的男子，所以上一次即或失败，这次仍然都不缺少把神巫引到家中的心思。女子相貌既极美丽，胆又非常大，明白这地方女人的神巫，骑马前来，在路上就不得不很慢很慢地走了。

时间是烧夜火以前。神巫骑在马上，看看再翻一个山，就可以望到云石镇的寨前大梧桐树了，他勒马不前，细细地听远处唱歌声音。原来那些等候神巫的年轻女人，各人分据在路旁树荫下，盼望得太久，大家无聊唱起歌来了。各人唱着自己的心事，用那像春天的莺的喉咙，唱得所有听到的男子都沉醉到这歌声里。神巫听了又听，不敢走动。他有点儿害怕，前面的关隘似乎不容易闯过，女子的勇敢热情推这一镇为最出名。

追随在他身后的一个仆人，肩上扛的是一切法宝，正感到沉重，想到进了寨后找到休息的快活，见主人不即行动，明白主人的意思了。仆人说道：“我的师傅，请放心，女人不是酒，酒这东西是吃过才能醉人的。”他意思是说女人是想起才醉人，当面倒无妨。原来这仆人是从龙朱的矮奴领过教的，说话的聪明机智许多人都不能及。

可是神巫装作不懂这仆人的聪明言语，很正气地望了仆人一眼。仆人在这机会上就向主人微笑，表示他什么事全清清楚楚，瞒不了他。

神巫到后无话说，近于承认了仆人的意见，打马上前了。

马先是走得很快，然而即刻又慢下来了。仆人追上了神巫，主仆两人说着话，上了一个小小山坡。

“五羊，”神巫喊着仆人的名字，说，“今年我们那边村里收成真好！”

“做仆人的只盼望师傅有好的收成，别的可不想管它。”

“年成好，还愿时，我们不是可以多得到些钱米吗？”

“师傅，我需要铜钱和白米养家，可是你要这个有什么用？”

“没有钱我们不挨饿吗？”

“一个年轻男人他应当有别一种饥饿，不是用钱可以买来的。”

“我看你近来是一天脾气坏一天，讲的话怪得很，必定是吃过太多的酒把人变糊涂了。”

“我自己哪知道？在师傅面前我不敢撒谎。”

“你应当节制，你的伯父是酒醉死的，那时你我都很小，我是听黄牛寨教师说的。”

“我那个伯父倒不错！酒也能醉死人吗？”他意思是女人也不能把主人醉死，酒算什么东西。

神巫却不在他的话中追究那另外意义，只提酒，他说：“你总不应当再这样做。在神跟前做事的人，荒唐不得。”

“那大约只是吃酒，师傅！另外事情——像是天许可的那种事，不去做也有罪。”

“你是真在亵渎神了，你这大蒜！”

照例是，主人有点儿生气时，就拿用人比蒜比葱，以示与神无从接近，仆人就不开口了。这时坡上了一半，还有一半上完就可以望到云石镇。在那里等候神巫来到的年轻女人，是在那里唱着歌，或吹着芦管消遣这无聊时光的。快要上到山顶，一切也更分明了。仆人为了救济自己的过失，所以不久又开了口。

“师傅，我觉得这些女人好笑，全是一些蠢东西！学竹雀唱歌谁稀罕？”

神巫不答，骑在马上伸手摘了路旁土坎上一朵野菊花，把这花插在自己的鬓边。神巫的头上原包有一条大红绸首巾，配上一朵黄菊，显得更其动人的妩媚。

仆人见到神巫情形，也随手摘了一朵花插在头上，他头上包的是深黄布首巾，花是红色。有了这花，仆人更像蒋平了。他在主人面前，总愿意一切与主人对称，以便把自己的丑陋衬托出主人的美好。其实这人也不是在爱情上落选的人物，世界上就正有不少龙朱矮奴所说的“吃掺了水的酒也觉得比酒糟还好的女人”来与这神巫的仆人论交！

翻过坡，坡下寨边女人的歌声是更分明了。神巫意思在此间等候太阳落坡，天空有星子出现，这些女人多数回家煮饭去了，他就可以赶到族总家落脚。

他不让他的马下山，跳下马来，把马系在一株冬青树下，命令仆人也把肩上的重负放下休息，仆人可不愿意。

“我的师傅，一个英雄他应当在日头下出现！”

“五羊，我问你，老虎是不是夜间才出到溪涧中喝水？”

仆人笑，只好把一切法宝放下了。因为平素这仆人是称赞师傅为虎的，这时不好意思说虎不是英雄。他望到他主人坐到那大青石上沉思，远处是柔和的歌声，以及忧郁的芦笛，就把一个镶银漆朱的葫芦拿给主人，请主人喝酒。

神巫是正在领略另外一种味道的，他摇头，表示不要酒。

五羊就把葫芦的嘴对着自己的嘴，仰头咕嘟咕嘟喝了许多酒，用手抹了葫芦的嘴又抹自己的嘴，也坐在那石上听歌。

清亮的歌，呜咽的笛，在和暖空气中使人迷醉。

日头正黄黄地晒满山坡，要等候到天黑还有大半天的时光！五羊有种脾气，不走路时就得吃喝，不吃喝时就得打点儿小牌，不打牌时就得睡！如今天气正温暖宜人，五羊真愿意睡了。五羊又听到远处鸡叫狗叫，更容易引起睡眠的欲望，他当到他主人面前一连打了三个哈欠。

“五羊，你要睡就睡，我们等太阳落坡再动身。”

“师傅，你的命令我反对一半承认一半。我实在愿意在此睡一点钟或者五点钟，可是我觉得应当把我的懒惰赶走，因为有人在等候你！”

“我怕她们！我不知道这些女人为什么独对我这样多情，我奇怪得很。”

“我也奇怪！我奇怪她们对我就不如对师傅那么多情。如果世界上没有师傅，我五羊或者会幸福一点儿，许多人也幸福一点儿。”

“你的话是流入诡辩的，鬼在你身上把你变成更聪明了。”

“师傅，我若是聪明，便早应当把一个女人占有了师傅，好让其余女子把希望的火踹熄，各自找寻她的情夫！可是如今却怎么样？因了师傅，一切人的爱情全是悬在空中。一切……”

“五羊，够了。我不是龙朱，你也莫学他的奴仆，我要的用人只是能够听命令的人。你好好为我睡了吧。”

仆人于是听命，又喝了一口酒，把酒葫芦搁在一旁，侧身躺在大石上，用肘做枕，准备安睡。但他仍然有话说，他的口除了用酒或别的木楦头塞着时总得讲话的。他含含糊糊地说道："师傅，你是老虎！"

这话是神巫听厌了的，不理他。

仆人便半像唱歌那样低低哼道：

一个人中的虎，因为怕女人的缠绕，不敢在太阳下见人……
不敢在太阳下见人，要星子嵌在蓝天上时才敢下山……
没有星子，我的老虎，我的师傅，你怎么样？

神巫知道这仆人有点儿醉了，不理会，还以为天气实在太早，尽这个人哼一阵又睡一阵也无妨于事，所以只坐到原处不动，看马吃路旁的草。

仆人一面打哈欠一面又哼道：

黄花岗的老虎，人见了怕；白脸族的老虎，它只怕人。

过了一会儿，仆人又哼道：

我是个光荣的男子，花帕族小嘴白脸的女人，你们全来爱我！
把你们的嘴，把你们的臂，全送给我，我能享受得下！
我的光荣是随了我主人而来的……

他又不唱了。他每次唱了一会儿就歇一会儿，像神巫念诵祷词一样。他为了解释他有理由消受女人的一切温柔，旋即把他的资格唱出。他说：

我是千羊族长的后裔，黔中神巫的仆人，女人都应归我。

我师傅怕花帕族的妇人，却还敢到云石镇上行法事，我的光荣……

我师傅勇敢的光荣，也就应当归仆人有一份。

这仆人说时是闭上眼睛不望神巫颜色的。因了葫芦中一点儿酒，使这个人完全忘了形，对主人的无用处开起玩笑来了。

远处花帕族女人唱的歌，顺风来时字句还听得清楚，在半醉半睡情形中的仆人耳中，还可以得其仿佛，他于是又唱道：

你有黄莺喉咙的花帕族妇人，为什么这样发痴？

春天如今早过去了，你不必为他歌唱。

神巫虽是美丽的男子，但并不如你们所想象的勇敢与骄傲；

因为你们的歌同你们那唱歌的嘴唇，他想逃遁，他逃遁了。

不到一会儿，仆人的鼾声代替了他的歌声，安睡了。这个仆人在朦胧中唱的歌使神巫生了一点儿小小的气，为了他在仆人面前的自尊起见，他本想上了马一口气冲下山去。更其使他心中烦恼的，是那山下的花帕族年轻女人歌声。那样缠绵地把热情织在歌声里，听歌人却守在一个醉酒死睡的仆人面前发痴，这究竟算是谁的过错呢？

这时节，若果神巫有胆量，跳上了马，两脚一夹把马跑下山，马颈下铜串铃远远地递了知会与花帕族所有年轻女人，那在大路旁等候那瑰奇秀美的神巫人马来到面前的女人，是各自怎么样心跳血涌！五十颗年轻的、母性的、灼热的心，在腔子里跳着，然而那使这些心跳动的男子，这时却仍然是坐在那大路旁，低头默想种种逃遁的方法。人间可笑的事情，真没有比这个更可笑了。

他望到仆人五羊甜睡的脸，自己又深恐有人来不敢睡去。他想起那寨边等候他来的一切女人情形，微凉的新秋的风在脸上刮，柔软的撩人的歌声飘荡到各处，一种暧昧的新生的欲望摇撼到这个人的灵魂，他只有默默地背诵着天王护身经请神保佑。

神保佑了他的仆人，如神巫优待他的仆人一样，所以花帕族女人不应当得到的爱情，仍然没有谁人得到。神巫是在众人回家以后的薄暮，清吉平安来到云石镇的。

到了住身的地方时，东家的院后大树上正叫着猫头鹰，五羊放下了法宝，摇着头说："猫头鹰，白天你虽无法睁眼睛，不敢飞动，你仍然不失其为英雄啊！"

那树上的一只猫头鹰，像不欢喜这神巫仆人的赞美，扬翅飞去了。神巫望到这从龙朱矮奴学来乖巧的仆人微笑，就坐下去，接受老族总双手递来的一杯蜂蜜茶。

到了夜晚，在云石镇的箭坪前成立了一座极堂皇的道场。

晚上的事

松明、火把、大牛油烛，依秩序一一燃点起来，照得全坪通明如白昼。那个野猪皮鼓，在五羊手中一个皮槌重击下，嘭嘭作响声闻远近时，神巫上场了。

他头缠红巾，双眉向上竖。脸颊眉心擦了一点儿鸡血，红缎绣花衣服上加有朱绘龙虎黄纸符箓。他手执铜叉和镂银牛角，一上场便有节拍地跳舞着，还用呜咽的调子念着娱神歌曲。

他双脚不鞋不袜，预备回头赤足踩上烧得通红的钢犁。那健全的脚，那结实的腿，那活泼的又显露完美的腰身转折的姿势，使一切男人羡慕、一切女子倾倒。那在鼓声嘭嘭下拍动的铜叉上圈儿的声音，与牛角呜呜喇喇的声音，使人相信神巫的周围与本身，全是精灵所在。

围看跳傩的人不下两百三百，小孩子占了五分之一，女子们占了五分之二，成年男子占了五分之二，一起在坛边成圈站立。小孩子善于唱歌的，便依腔随韵，为神巫助歌。女子们则只惊眩于神巫的精灵附身半疯情形，把眼睛睁大，随神巫身体转动。

五羊这时酒醒了。但他又沉醉到一种事务中，全部精神集中在主人的踊跃行为上，匀匀地击打着身边那一面鼓。他把鼓槌按拍在鼓边上轻轻地敲，又随即用力在鼓心上打。他有时用鼓槌揉着鼓面，发出一种人的声音，有时又沉重一击忽然停止。他脸为身旁的柴火堆熏得通红，头是那么像饭箩摇摆。平时一见女人即发笑的脸上，这时却全无笑容，严肃得像武庙的泥塑的关夫子了。

神巫把身一踊，把脚一顿，再把牛角向空中画一大圈，五羊把鼓声压低下去，另外那个打锣的人也把锣稍停，忽然像从一只大冰柜中倾出一堆玻璃，神巫用他那银钟的喉咙唱出歌来了。

神巫的歌说：

你大仙，你大神，睁眼看看我们这里人！
他们既诚实，又年轻，又身无疾病，
他们大人能喝酒，能做事，能睡觉，
他们孩子能长大，能耐饥，能耐冷，
他们牯牛能耕田，山羊能生仔，鸡鸭能孵卵，
他们女人会养儿子，会唱歌，会找她所欢喜的情人！

你大神，你大仙，排驾前来站两边！
关夫子身跨赤兔马，
尉迟恭手拿大铁鞭！

你大仙，你大神，云端下降慢慢行！
张果老驴上得坐稳，
铁拐李脚下要小心！

福禄绵绵是神恩，
和风和雨神好心，
好酒好饭当前陈，
肥猪肥羊火上烹！

慢慢吃，慢慢喝，
月白风清好过河！
醉时携手同归去，
我当为你再唱歌！

神巫歌完锣鼓声音又起，人人拍手迎神，人人还呐喊表示欢迎唱歌的神的仆人。神巫如何使神驾云乘雾前来降福，是人不能明白知道的事，但神巫的歌声，与他那种优美迷人的舞蹈，是已先在云石镇上人人心中得到幸福欢喜了。

神巫把歌唱完，帮手把宰好的猪羊心献上，神巫在神面前作揖、磕头、翻筋斗，鼓声转沉，神巫把猪羊心丢到铁锅里去，用手咬诀，喷一口唾沫，第一堂法事就完结了。

神巫退下坛来时，坐到一张板凳上休息，把头上的红巾除去，首事人献上茶，神巫一手接茶一手抹除额上的汗。这时节，一些小孩子，把五羊包围了，争着抢五羊手上的槌，想打鼓玩。五羊站到一张凳上不敢下来，大声咤叱那顶顽皮的在扯他裤子的孩子。神巫这一面，则是族总、地保、屯长，与几个上年纪的地方老人陪着，因此年轻女人只能远远站在一旁了。

场坪上，各处全是火炬，树上也悬挂的有红灯，所以凡是在场的人皆能互相望到。神巫所在处，靠近神像边，有大如人臂的天烛，有火燎，有七星灯，所以更其光明如昼。在火光下的神巫，虽做着神的仆人的事业，但在一切女人心中，神的数目不可知，有凭有据的神却只应有一个，就是这神巫。他才是神，因为有完美的身体与高尚的灵魂。神巫为众人祈福，人人皆应感谢神巫，不过神巫歌中所说的一切神，若果真有灵，能给云石镇人以幸福，就应把神巫分给花帕族所有的好女子，至少是这时应当让他来在花帕族女人面前，听那些女人用敷有蜜的情歌摇动他的心，不合为一些年老男子包围保护！

这样的良夜，风又不冷，满天是星，正适宜于年轻人在洞中幽期密约，正适宜于在情妇身边放肆做一切顽皮的行为，正适宜于倦极做梦。把来到云石镇唱歌娱神的神巫，解下了法衣，放下了法宝，科头赤足来陪一个年轻花帕族女人往无人处去，并排坐到一个大稻草堆上看天上的流星，指点那流星落去的方向，或者用药面喂着那爱吠的狗，悄悄从竹园爬过一重篱到一个女人窗下去轻轻拍窗边的门，女人把窗推开援引了这人进屋，神见到这天气，见到这情形，神也不至于生气！

为了神巫外貌的尊严，以及年老人保护的周密，一切女人真是徒然有了这美貌，徒然糟蹋了这一年无多几日的天气。各人的野心虽大，却无一个女人能勇敢地将神巫从火光下抢走。虽说“爱情如死之坚强”，然任何女人，对这神巫建设的堡垒，亦无从下手攻打。

休息了一会儿，第二次神巫上场，换长袍为短背心，鼓声嘭嘭打了一阵，继着是大铜锣铛铛地响起来，神巫吹角，角声上达天庭，一切情形复转热闹，正做着无涯好梦的人全惊醒了。

第一堂法事为献牲，第二堂法事为祈福。

祈福这一堂法事，情形与前一次完全两样了，照规矩，神巫得把所有在场的人叫到身边来，瞪着眼，用着神的气派，询问这人想神给他什么东西，这人实实在在说过心愿后，神巫即向鬼王瞪目，再向天神磕头，用铜剑在这人头上一画完事。在场的人若太多时，则照例只推举十来个人出场，受神巫的处置，其余也同样得到好处了。因为在大傩中的人，请求神的帮助，不出几件事：要发财，要添丁，要家中人口清吉，要牛羊孳乳，要情人不忘恩负义。纵有些人也希望凭了神的保佑将仇人消灭的，这类不合理要求，当然无从代表。然而互相向神纳贿，则互相了销，神的威灵仿佛独于这一件事无应验，所以受神巫处置的纵多，也不能出二十个人以上。

锣鼓惊天动地地打，神巫跷起一足旋风般在场中转，只要再过一阵，把表一上，就应推举代表向神请愿了。这时在场年轻女人，都有一种野心，想在对神巫诉愿时，说着请求神把神巫给她的话。在神巫面前请求神许可她爱神巫，也得神巫爱她，是这样，神就算尽了保佑弱小的职分了。在场一百左右年轻女人，心愿莫不是要神帮忙，使神巫的身心归自己一件事，所以到了应当举出年轻女人向神请愿时，因为一种隐衷，人人都说因为事是私事，只有各自向神巫陈说为好。

众女人为这事争持着，尽长辈排解也无法解决。神巫明白今夜的事情糟，男子流血女人流泪，全是今夜的事。他只默然不语，站到场坪中火堆前，火光照到这英雄一个如天神。

他四顾一切争着要祈福的女人，全有着年轻美丽的身体与洁白如玉的脸额，全都明明地把野心放在衣外，图与这年轻神巫接近。各人的竞争，即表明各人的爱心的坚固，得失之间各人皆具有牺牲的决心。

族中当事人，也有女侄在内，情形也是大体明白了，劝阻无效，只有将权利付之神巫自己。

那族中最年高的一个，见到自己两个孙女也包了花格子绸巾在场，照例族中的尊严，是长辈也无从干预年轻人恋爱，他见到这事情争持下去也不会有结果，于是站到凳上去，宣告自己的意见。

他先拍掌把一切的纷扰镇平，演说道："花帕族的姊妹们，请安静，听一个痴长九十一岁的老人说几句话。

"对于祈福你们不愿意将代表举出，这是很为难的。你们的意见，是你们至上的权利，花帕族女人纯洁的心愿，我不能用高年来加以干预。我并不是不明白你们意思的。

“只是很为难，今天这大傩是为全镇全族做的，并不是我个人私有，也不是几个姊妹们私有。这是全镇全族的利益。这傩事，应当属于在场的公众，所以凡近于足以妨碍傩事的个人利益要求，我们是有商量考虑的必要。

“如今的夜晚天气是并不很长的，这还是新秋，这事也请诸位注意。若果照诸位希望，每一个人，（有女人就说，并不是每一人，是我们女子！）是的，单是女子。让我来大体数数吧，一五，一十，十五，二十……这里像你们这样年轻的姑娘，是七十五个。或者还不止。试问七十五个女人，来到神巫身前，把心愿诉尽，又得我们这可敬爱的神巫一一了愿，是做得到的事么？你们这样办，你们的心愿神巫是知道了，（他觉得说错了话又改口说）你们的心愿神是知道了，只是你们不觉得使神巫过于疲倦是不合理的事吗？这样一来，到天亮还不能做第三堂法事，你们不觉得是妨碍了其他人的利益与事务吗？

“我花帕族的女人，是知道自由这两个字的意义的。她知道自己的权利也知道别人的权利，你们可以拿你们自己所要求的去想想。”

有女人就说：“我们是想过了，这事情我们愿意决定于神巫，他当能给我们公平的办法。”

演说的老人就说道：“这是顶好的，既然这样，我们就把这事情请我们所敬爱的神巫解决。来，第二的龙朱，告我们事情应当怎么办。（他向神巫）你来说一句话，事情由你做主。（女人听到这话全拍手喊好）

“不过，姊妹们，不要因为太欢喜忘了我们族中女子的美德！诸位应记着花帕族女人的美德是热情的节制，男子汉才需要大胆无畏的勇敢！我请你们注意，就因为不要为我们尊敬的神巫见笑。

“诸位，安静一点儿，听我们的师傅吩咐吧。”

女人中，虽有天真如春风的，听到族长谈到花帕族女人的美德，也安静下来了。全场除了火燎爆声外，就只有谈话过多的老年族总喉中发喘的声音。

神巫还是身向火燎低头无语，用手叩着那把降魔短剑。

打鼓的仆人五羊，低声地说道：“我的师傅，你不要迟疑了，神是对于年轻女人请求从不曾拒绝的，你是神的仆，应照神意见行事。”

“神的意见是常常能使他的仆人受窘的！”

“就是这样也并无恶意！应当记着龙朱的言语，年轻的人对别人的爱情不要太疏忽，对自己的爱情不要太悭吝。”

神巫想了一会儿，就抬起头来，琅琅说道：“诸位伯叔兄弟，诸位姑嫂姊妹，要我说话我的话是很简单的。神是公正的，凡是分内的请求他无拒绝的道理。神的仆人自然应为姊妹们服务，只请求姊妹们把希望容纳在最简单的言语里，使时间不至于耽搁过多。”

说到此，众人复拍手，五羊把鼓打着，神巫舞着剑，第一个女子上场到神巫身边跪下了。

神巫照规矩瞪眼厉声问女人，仿佛口属于神，眼睛也应属于神，自己全不能审察女人口鼻眼的美恶。女人轻轻地战栗地把愿心说出，她说：“我并无别的野心，我只请求神让我做你的妻，就是一夜也好。”

神巫听到这吓人的愿心，把剑一扬，喝一声“走”，女人就退了。

第二个来时，说的话却是愿神许他做她的夫，也只要一天就死而无怨。

第三个意思不外乎此，不过把话说得委婉一点儿。

第四第五……全是一个样子，全给神巫瞪目一喝就走了。人人先仿佛觉到自己希望并不奢，愿心一说给这人听过后，心却释然了。以为别的女子也许野心太大，请神帮忙的是想占有神巫全身，所以神或者不能效劳，至于自己则所望不奢，神若果是慈悲的，就无有不将怜悯扔给自己的道理。人人仿佛向神预约了一种幸福，所有的可以作为凭据的券就是临与神巫离开时那一瞪。事情的举行出人意料的快，不到一会儿，在场想与神巫接近一致心事的年轻女人就全受福了。女人事情一毕，神巫稍稍停顿了跳跃，等候那另外一种人的祈福。在这时，忽然跑过来一个不到十六岁的小女孩，赤了双脚，披了长长的头发，像才从床上爬起，穿一身白到神巫面前跪下，仰面望神巫。

神巫也瞪目望女人，望到女人一对眼，黑睛白仁像用宝石做成，才从水中取出安置到眶中。那眼眶，又是《庄子》一书上的巧匠手工做成的。她就只把那双眼睛瞅定神巫，她的请求是简单到一个字也不必说的，而又像是已经说得太多了。

他在这光景下有点儿炫目，眼睛虽睁大，不是属于神，应属于自己了。他望到这女人眼睛不旁瞬，女人也不作声，眼睛却像那么说着：“跟了我去吧，你神的仆，我就是神！”

这神的仆人，可仍然把心镇住了，循例地大声地喝道：“什么事，说！”

女人不答应，还是望到这神巫，美目流盼，要说的依然像是先前那种意思。

这神巫有点儿迷乱、有点儿摇动了，但他不忘却还有七十多个花帕族的美貌年轻女子在周围，故旋即又吼问是为什么事。

女人不作答，从那秀媚通灵的眼角边浸出两滴泪来了。仆人五羊的鼓声催得急促，天空的西南角正坠下一大流星，光芒如月。神巫望到这眼边的泪，忘了自己是神的仆人了，他把声音变成夏夜一样温柔，轻轻地问道："洞中的水仙，你有什么事差遣你的仆人？"

女人不答。他又更柔和地说道："你仆人是世间一个蠢人，有命令，吩咐出来我照办。"

女人到此把宽大的衣袖，擦干眼泪，把手轻轻抚摩神巫的脚背，不待神巫扬那铜剑先自退下了。

神巫正想去追赶她，却为一半疯老妇人拦着请愿，说是要神帮她把战死的儿子找回，神巫只好仍然做着未完的道场，跳跳舞舞把其余一切的请愿人打发完事。

第二堂休息时，神巫蹙着双眉坐在仆人五羊身边。五羊蹲到主人脚边，低声地问师傅为什么这样忧郁。这仆人说："我的师傅，我的神，什么事使你烦恼到这样子呢？"

神巫说："我这时比往日颜色更坏吗？"

"在一般女人看来，你是比往日更显得骄傲了。"

"我的骄傲若使这些女人误认而难堪，那我仍得骄傲下去。"

"但是，难堪的，或者是另外一个人！一个人能勇敢爱人，在爱情上勇敢即使失败也不会难堪的。难堪只是那些无用的人所有的埋怨。不过，师傅，我说你有的却只是骄傲。"

“我不想这骄傲了，无味的贪婪我看出我的错来了。我愿意做人的仆。不愿意再做神的仆了。”

五羊见到主人的情形，心中明白必定是刚才请愿祈福一堂道场中，主人听出许多不应当听的话了，这乖巧仆人望望主人的脸，又望望主人插到米斗里那把降魔剑，心想剑原来虽然挥来挥去，效力还是等于面杖一般。大致一切女人的祈福，归总只是一句话，就是请神给这个美丽如鹿骄傲如鹤的神的仆人，即刻为女人烦恼而已。神显然是答应了所有女人的请愿，所以这时神巫烦恼了。

祈了福，时已夜半，在场的人，明天有工做的男子都回家了，玩倦了的小孩子也回家了，应当照料小孩饮食的有年纪女人也回家了。场中人少了一半，只剩下了不少年轻女人，预备在第四堂法事末尾天将明亮满天是流星时与神巫合唱送神歌，就便希望放在心上向神预约下来的幸福，询问神巫是不是可以实现。

看出神巫的骄傲，是一般女子必然的事，但神巫相信那最后一个女人，却只会看出他的忧郁。在平时，把自己属于一人或属于世界，良心的天秤轻重分明，择重弃轻他就尽装骄傲活下来。如今则天秤已不同了。一百个或一千个好女人，虚无的倾心，精灵的恋爱，似乎敌不过一个女子实际的物质的爱为受用了。他再也不能把世界上有无数女子对他倾心的事引为快乐，却甘心情愿自己对一个女人倾心来接受烦恼了。

他把第三堂的法事草草完场，于是到了第四堂。在第四堂末了唱送神歌时，大家应围成一圈，把神巫围在中间，把稻草扎成的蓝脸大鬼掷到火中烧去，于是打鼓打锣齐声合唱。神巫在此情形中，去注意到那穿白绒布衣的女人，却终无所见。他不能向谁个女子打听那小女孩属姓，又不能把这个意思向族总说明，只在人中去找寻。他在许多眼睛中去发现那熟悉的眼睛，在一些鼻子中发现那鼻子，在一些小口中发现那小口，结果全归失败。

把神送还天上，天已微明。道场散了，所有的花帕族青年女人，除了少数心志坚毅野心特大的还不愿离开神巫，其余女人均负气回家睡觉去了。

随后神巫便随了族总家扛法宝桌椅用具的工人返族总家，神巫后面跟的是一小群年轻女人。天气微寒，各人皆披了毯子，这毯子本来是供在野外情人做坐卧用的东西，如今却当衣服了。女人在神巫身后，低低地唱着每一个字全像有蜜做馅的情歌，直把神巫送到族总的门外。神巫却颓唐丧气，进门时头也不回。

□ 第二天的事

神巫思量在云石镇逗留三天，这意见是直到晚上做过第二堂道场才决定的。这神的仆人，当真愿意弃了他的事业，来做人的仆人了。

他耳朵中听过上千年轻女人的歌声，还能矜持到貌若无动于心。他眼见到过一千年轻女人向他眉目传情，他只闭目不理。就是昨晚上，在第二堂道场中，七十多个女人，跪到这骄傲的人面前诉说心愿，他为了自尊与自私，也俨然目无所睹耳无所闻，只大声咤叱行他神仆的职务。但是一个不用语言诉说的心愿，待在他面前不到两分钟，却为他看中，非寻找这女人不可了。

见到主人心不自在的仆人五羊，问主人说：“师傅，差遣你蠢仆去做你所要做的事吧，他在听候你的命令。”

“事情是神所许可的事，却不是我应当做的事！”

“既然神也许可，人还能违逆吗？逆违神的意见，地狱是在眼前的。”

“你是做不到这事的，因为我又不愿意她以外的人知道我的心事。”

“我准可以做到，只要师傅把那人的相貌说出来，我一定要她来同师傅相会。”

“你这个人只是舌头勇敢，别无能耐！”

“师傅，你说！你说！金子是在火里炼出来的，我的能力要做去才知道。”

“你这人，我对你的酒量并不怀疑，只是吃酒以外的事无从信托你。”

“试试这一次吧，师傅你若相信各样的强盗也可以进爱情的天堂，那么，一个欢喜喝一杯两杯酒的人为什么不能当一点儿较困难的差事呢？”

神巫不是龙朱，五羊却已把矮奴的聪明得到，所以神巫不能不首肯了。

神巫就告他仆人，说是那白衣的女人，他一见就如何钟情。因为女人是最后一个来到场中受福，五羊也早将这女人记到心上了。五羊说请师傅放心，在此等候好消息，神巫只好点首应允，五羊就笑笑地走去了。

去了半天还不回来，神巫心上着急。天气实在太好了，神巫想自己出门走走，又恐怕无仆人在身边，到外面碰到花帕族女人包围时无法脱身。他悔不该把五羊打发出门，因为五羊还不知到什么时候才能醉醺醺回家。

族总知道神巫极怕女人麻烦，所以特为把他安置到这个单独院落。

神巫因为寂寞，又不能睡觉，就从旁门走到族总住的正院去找人谈话。到了那边，人全出门了，见到一个小孩坐在堂屋地下不起，用手蒙脸啼哭，这英雄把孩子举起逗孩子发笑。孩子见有人抱，不哭了，只睁了眼看望神巫。神巫忽然觉得这眼睛是极熟悉的谁一个人的眼睛了。他想了一会儿，记起了昨夜间那个人。他又望孩子的身上所穿的衣，就正是白色，如同昨夜那女人所穿一个样子。他正在对小孩子发痴，那一边门旁一个人赫然出现，他手忙脚乱不知所措，把小孩放下怔怔望到那人无言无语。原来这就正是昨夜那求神请愿的少年女子。在日光下所见到的女人颜色，如玉如雪，更其分明了。女人精神则如日如霞，微惊中带着惶恐，用手扶着门框，对神巫出神。

“我的主人，昨夜里在星光下你美丽如仙，今天在日光下你却美丽如神了。”

女人腼腆害羞不作回答，还是站立不动。

神巫于是又说道：“神啊！你美丽庄严的口辅，应当为命令愚人而开的，我在此等候你的使唤。我如今已从你眼中望见天堂了，就即刻入地狱也死而无怨。”

小孩子，这时见到了女人，踊跃着要女人抱，女人低头无声走到孩子身边来，把孩子抱起放在怀中，用口吮小孩小小的手，温柔如观音。

神巫又说道：“我生命中的主宰，一个误登天堂用口渎了神圣的尊严的愚人，行为如果引起了你神圣的憎怒，你就使他到地狱去吧。”

女人用温柔的眼睛，望了望这个善于辞令的美男子，却返身走了。

神巫是连用手去触这女人衣裙的气概也消失了的，见到女人走时也不敢走上去把女人拦住，也不能再说一句话。女人将身消失到芦帘背后以后，这神的仆人，惶遽情形比失去了所有法宝还可笑，只站到堂屋正中搓手。

他不明白这是神的意思，还是因为与神意思相反，所以仍然当面错过了机会。

照花帕族的格言所说："凡是幸运它同时必是孪生！"神巫想起这格言，预料到这事只是起始并不是结局，所以并不十分气馁，回到自己住屋了。

但他的心是不安定的，他应当即刻就知道一切详细。他不能忍耐等到五羊回来，却决定走出去找五羊了。

正准备起身出门时节，五羊却匆匆忙忙跑回来了，额上全是大的汗，一面喘气一面用手抹额上的汗，脸上笑容荡漾像迎喜时节的春官。

"舌头勇敢的人，你得了些什么好消息了呢？"

"是师傅的福分，我把师傅所要知道的全得到了。我在三里外一个地方见到人中的神了，我此后将一世唱赞美我自己眼睛有福气的歌。"

"我只怕你见到的是你自己眼中的酒神，还是喝一辈子的酒吧。"

"我可以赌咒，请天为我作证。我此时的眼睛有光辉照耀。可以证明我所见不虚。"

"在你眼中放光的，我疑心是一只萤火虫。"

“冤枉！谁说天上日头不是人人明白的东西？世上瞎眼人也知道日头光明，你当差的就蠢到这样吗？”这时他想起另外证据来了，“我还有另外证据在此，请师傅过目。这一朵花它是有来由的。”

仆人把花呈上，一朵小小的蓝野菊，与通常遍地皆生的东西一个样子，看不出它有什么特异处。

“饶舌的人，我不明白这花有什么用处？”

“我来替这菊花向师傅诉说吧。我命运是应当在龙朱脚下揉碎的，谁知给一个姑娘带走了，我坐到姑娘发上有半天，到后跌到了一个……哈哈，这样的因缘我把这花带回来了。我只请我主人，信任这不体面的仆人，天堂的路去此不远，流星虽美却不知道哪一条路径。”

“我恐怕去天堂只有一条路径。”神巫意思是他自己已先到过天堂了。

“就是这不体面仆人所知道的一条！”

“有小孩子没有？”

“师傅，罪过！让我这样说一句撒野的话吧，那‘圣地’是还无人走过的路！”

神巫听到此时不由得不哈哈大笑，微带嗔怒地大声说道：“不要在此胡言谵语了，你自己到厨房找酒喝去吧。你知道酒味比知道女人多一点儿，你的鼻子是除了辨别烧酒以外没有其他用处的。你去了吧，你只到厨房去，在喝酒以前，为我探听族总家有几个姑娘年在二十岁以内，还有一个孩子是这个人的儿子。听清我的话没有？”

仆人五羊把眼睛睁得多大，不明白主人意思。他还想分辩他所见到的就是主人所要的一个女人，他还想找出证据，可是主人把这个人用力一推，他已踉踉跄跄跌到门限外了。他喊说：“师傅，听我的话！”神巫却訇地把门关上了。这仆人站到门外多久，想起必是主人还无决心，又想起那厨房中大缸的烧酒，自己的决心倒拿定了，就噘嘴蹩脚向大厨房走去。

五羊去了以后，神巫把那一朵小蓝菊花拿在手上，这菊花若能说话就好了。他望到这花感到无涯的幸福。他不相信他刚才所见到的是另外一个女人，他不相信仆人的话有一句是真。一个太会说话的人，所说的话常常不是事实，他不敢信任五羊也就是这理由。

不过，平时诚实的五羊，今日又不是大醉，所见到的人当然也总美得很。这女人是谁家的女人？若这花真从那女人头上掉下，则先一刻在前面院子所见到的又是谁？如果“幸福真是孪生”，女人是孪生姊妹，那神巫在选择上将为难不知应如何办了。在两者中选取一个，将用什么为这倾心的标准？人世间不缺少孪生姊妹，可不闻有孪生的爱情。

他胡思乱想了大半天。

他又觉得这决不会错误，眼睛见到的当然比耳朵听来的更可靠，人就是昨夜那个人！但是这儿子属于谁的种根？这女子的丈夫是谁？……这朵花的主人又究竟是谁？……他应当信任自己，信任以后又有何方法来处置自己？

这时节，有人在外面拍掌，神巫说：“进来！”门开了，进来一个人。这人从族总那边来，传达族总的言语，请师傅过前面谈话。神巫点点头，那人就走了。神巫一会儿就到了族总正屋，与族总相晤于院中太阳下。

“年轻的人呀，如日如虹的丰采，无怪乎世上的女人都为你而倾心，我九十岁的人一见你也想作揖！”

神巫含笑说：“年深月久的树尚为人所尊敬，何况高年长德的人？江河的谦虚因而成其伟大，长者对一个神前的仆人优遇，他不知应如何感谢这人中的大江！”

“我看你心中好像有不安样子，是不是夜间的道场累坏了你？”

“不，年长的祖父。为地方父老做事，是不应当知道疲乏的。”

“是饮食太坏吗？”

“不，这里厨子不下皇家的厨子，每一种菜单看看也可以使我不厌！”

“你洗不洗过澡了？”

“洗过了。”

“你想你远方的家吗？”

“不，这里同自己家中一样。”

“你神气实在不妥，莫非有病？告给我什么地方不舒畅？”

“并没有不舒畅地方，谢谢祖父的惦念。”

“那或者是病快发了，一个年轻人是免不了常为一些离奇的病缠倒的。我猜得必定是昨晚上那一批无知识女人扰乱了你了。这些年轻女孩子，是常常因为太热情的缘故，忘了言语与行动的节制的。告给我，她们中谁在你面前说过狂话没有？”

神巫仍含笑不语。

族总又说：“可怜的孩子们！她们是太热情了。也太不自量了。她们都以为精致的身体应当奉献给神巫。都以为把爱情扔给人间美男子为最合理。她们不想想自己野心的不当，也不想想这爱情的无望。她们直到如今还只想如何可以麻烦神巫就如何做，我这无用的老人，若应当说话，除了说妒忌你这年轻好风仪以外，不知道还可以说什么话了。”

“祖父，若知道晚辈的心如何难过，祖父当同情我到万分。”

“我为什么不知道你难过？众女子千中选一，并无一个够得上配你，这是我知道的。花帕族女子虽出名的美丽，然而这仅是特为一般年轻诚实男子预备的。神为了显他的手段，仿照了梁山伯身材造就了你，却忘了造那个祝英台了！”

“祖父，我倒并不这样想！为了不辜负神使我生长得中看的好意，我是应当给一个女子做丈夫的。只是这女子……”

“爱情不是为怜悯而生，所以我并不希望你委屈于一个平常女子脚下。”

“天堂的门我是无意中见到了，只是不知道应如何进去。”

“那就非常好！体面的年轻人，我愿意你的聪明用在爱情上比用在别的事还多，凡是用得到我这老人时，老人无有不尽力帮忙。”

“……”神巫欲说不说，蹙了双眉。

“不要愁！爱情是顽皮的，应当好好去驯服。也不要把心煎熬到过分。你烦闷，何不出去走走呢？若是想打猎，拿我的枪，骑我的马，同你仆人到山上去吧。这几日那里可以打到很肥的山鸡。怕人注意你顶好是戴一个面具去。不过我想来这也无多大用处，一个瞎子在你身边也会觉得你是体面的。就是这样子去吧。乘此可以告给一切女人，说心已属了谁，那以后或者也不至于出门受麻烦了。天气实在太好了，不应当辜负这好天气。”

神巫骑马出门了，马是自己那一匹，从族总借来的长枪则由五羊扛上。扛着长枪跟在马后的五羊，肚中已灌满麦酒与苞谷酒了，出得门来听到各处山上的歌声，这汉子也不知不觉轻轻地唱起来。

他停顿了一步，望望在前面马上的主人，却唱道：

你用口成天唱歌的花帕族女人，你们的爱情全失败了。
那骑白马来到镇上的年轻人，
已为一个穿白衣女人用眼睛抓住了。

你花帕族的男人，
要情人到别处赶快找去！
从今以后族中的女人，
把爱情将完全变成妒嫉！

神巫回过头来，说："好好为我把口合拢，不然我将用路上的泥土塞满你的嘴巴。"

五羊因为有点儿醉了，慢一步，停留下来，稍与主人距离远一点儿，仍然唱道：

我能在山中随意步行，
全得我体面师傅的恩惠，
我师傅已不怕花帕族女人，
我决不见女人就退。

你唱歌想爱神巫的乖巧女人，
此后的歌应当改腔改调！
那神巫如今已为一个女子的情人，
你的歌当问他仆人"要爱情不要？"

神巫在马上听到这歌了，又回过头来，望着这醉人情形，带嗔地说道：“五羊，你是当真想吃马屎是不是？”

五羊忙解释，说是因为牙齿痛，非哼不行，所以一哼就成歌了。

“既是这样，我明天把你的牙齿拔去，看还痛不痛。”

“师傅，那么我以后因为拔牙时疼痛的缘故，可以成年哼了。”

神巫见这仆人醉时话比醒时多一倍，就只有尽他装牙痛唱歌，自己打马上前了。马一向前跑，谁知这仆人因为追马，倒仿佛牙齿即刻就好了，歌也不唱了。一跑跑到了一个溪边，一只水鸭见有人来，振翅呼呼飞去，五羊忙收拾枪交把主人，等到神巫举枪瞄准时，那水鸭已早落到远处芦丛中不见了。

“完了。龙朱仆人说：凡是笼中畜养的鸟一定飞不远。这只水鸭子可不是家养的！我们沿溪走吧。”

神巫等候了一阵，不见这水鸭出现，只好照五羊意见走走。这时五羊在前，因为溪边路窄，他牵马。走了一会儿，五羊又哼起来了。

笼中畜养的鸟它飞不远，
家中生长的人却不容易寻见。
我若是有爱情交把女子的人，
纵半夜三更也得敲她的门。

神巫在五羊说出“门”字以前就勒住马了。他不走了，昂首望天上白云，若有所计划。

“师傅，古怪，你把马一勒，我这牙齿倒好了，要唱歌也唱不来了。”

“你少作怪一点儿！你既然刚才说那个人的家离这里不远，我们就到她家中去看看吧。”

“要去也得一点儿礼物，我们应向山神讨一双小白兔才像样子！”

“照你主意吧，你安排一下。”

五羊这时可高兴了。照习惯打水边的鸟时可以随便，至于猎取山上的兽与野鸡，便全应当向山神通知一声。通知山神办法是用石头在土坑边或大树下砌一堆，堆下压一绺头发与青铜钱三枚，设此的人略一致术语，即行了。有了通知则容易得到所想得的东西，五羊此时即来办这件事。他把石头找得，扯下了自己头发一小绺，摸出小钱，蹲下身去，如法炮制。骑在马上的神巫，等候着，望着遥天的云彩。

不知是山神事忙，还是所有兔类早得了山神警戒不许出穴，主仆两人在各处找寻半天的结果，连一只兔的影子也不曾见到，时间居然不为世界上情人着想，夜下来了。黄昏薄暮中的神巫，人与马停顿在一个小阜上面，望云石镇周围各处人家升起的炊烟，化成银色薄雾，流动如水如云，人微疲倦，轻轻打着呼哨回了家。

第二天晚上的事

回家的神巫，同他的仆人把饭吃过了，坐到院中望天空。天空全是星，天比平时仿佛更高了。月还不上来，在星光下各地各处叫着纺车娘，声音繁密如落雨。在纺车娘吵嚷声中时常有妇女们清呖宛转的歌声，歌声的方向却无从得知。神巫想起日间的事，说：“五羊，我们还是到你说的那个地方去吧。”

“师傅，你真勇敢！一出门，不怕为那些花帕族女人围困吗？”

“我们悄悄从后面竹园里出去！”

“为什么不说堂堂正正从前门出去？”

“就从前门出去也不要紧。”

“好极了，我先去开路。”

五羊就先出去了。到了外边，听到岗边有女人的嬉笑，听到芦笛低低的呜咽，微风中有栀子花香同桂花香。五羊望远处，一堆堆白衣裙隐显于大道旁，不下数十，全是想等候神巫出门的痴心女人。她们不知疲倦地唱歌，只想神帮助她们，凭了好喉咙把神巫的心揪住，得神巫见爱。她们将等候半夜或一整夜，到后始各自回家。天气温暖宜人，正是使人爱悦享乐的天气。在这样天气下，神巫的骄傲，决不是神许可的一件事，因此每个女人的自信也更多了。

神巫的仆人五羊，见到这情形，心想，还是不必要师傅勇敢较好，就转身到神巫住处去。

“看到了些什么了呢？”

五羊只摇头。

“听到了些什么了呢？”

五羊仍然摇头。

神巫就说：“我们出去吧，等待绊脚石自己挪移，恐怕等到天明也无希望出去了。”

五羊微带忧愁地答道：“倘若有办法不让绊脚石挡路，师傅，我劝你还是采用那办法吧。”

“你不是还正讥笑我说，那是与勇敢相反的一种行为么？”

“勇敢的人他不躲避牺牲，可是他应当躲避麻烦。”

“在你的聪明舌头上永远见出我的过错，却正如在龙朱仆人的舌头永远见出龙朱是神。”

“就是一个神也有为人麻烦到头昏的时候，这应当是花帕族女人的罪过，她们不应当生长得如此美丽又如此多情！”

“少说闲话吧。一切我依你了。我们走。”

“好吧，就走。让花帕族所有年轻女人因想望神巫而烦恼，不要让那被爱的花帕族女人因等候而心焦。”

他们于是当真悄悄地出门了，从竹园翻篱笆过田坎，他们走的是一条幽僻的小路。忠实的五羊在前，勇壮的神巫在后，各人用面具遮掩了自己的脸，他们匆匆地走过了女人所守候的寨门，走过了女人所守候的路亭，到了无人的路上了。

五羊回头望了一望，把面具从脸上取下，向主人憨笑着。

神巫也想把面具卸除，五羊却摇手。

“这时若把它取下，是不会有人来称赞您的勇敢的！”

神巫就听五羊的话，暂时不脱面具。他们又走了一程。经过一家门前，一个稻草堆上有女人声音问道：“走路的是不是那使花帕族女人倾倒的神巫？”

五羊代答道：“大姐，不是，那骄傲的人这时应当已经睡了。”

那女人听说不是，以为问错了，就唱歌自嘲自解，歌中意思说：

一个心地洁白的花帕族女人，
因为爱情她不知道什么叫作羞耻。
她的心只有天上的星能为证明，

她爱那人中之神将到死为止。

神巫不由得不稍稍停顿了一步，五羊见到这情形，恐怕误事，就回头向神巫唱道：

年轻的人，不是你的事你莫管，
你的路在前途离此还远。

他又向那草堆上女人点头唱道：

好姑娘，你心中凄凉还是唱一首歌，
许多人想爱人，因为哑可怜更多！

到后就不顾女人如何，同神巫匆匆走去了。神巫心中觉得有点儿难过，然而不久又经过了一家门外，听到竹园边窗口里有女人唱歌道：

你半夜过路的人，是不是神巫的同乡？
你若是神巫的同乡，足音也不要去得太忙。
我愿意用头发将你脚上的泥擦揩，
因为它是从那神巫的家乡带来。

五羊听完伸伸舌头，深怕那女人走出来见到神巫，就实行用头发擦他的脚的话，拖了神巫就走。神巫无法，只好又离开了第二个女人。

第三个女人唱的是希望神巫为天风吹来的歌，第四个女人唱的是愿变神巫的仆人五羊，第五个女人唱的是只要在神巫跟前做一次呆事就到地狱去尽鬼推磨也无悔无忌。一共经过了七个女人，到第八个就是神巫所要到的那人家了。远远地望到那从小方窗里出来的一缕灯光，神巫心跳着不敢走了。

他说："五羊，不要走向前了吧，让我看一会儿天上的星子，把神略定再过去。"

主仆两人就在离那人家三十步以外的田坎上站定了。神巫把面具取下，昂头望天上的星辰镇定自己的心。天上的星静止不动，神巫的心也渐渐平定了。他嗅到花香，原来那人家门外各处围绕的全是夜来香同山茉莉，花在夜风中开放，神巫在一种陶醉中更像温柔熨帖的情人了。

过了一会儿，他们就到了这人家的前面了，神巫以为或者女人是正在等候他，如同其余女子一样的。他以为这里的女人也应当是在轻轻地唱歌，念着所爱慕的人名字。他以为女人必不能睡觉。为了使女人知道有人过路，神巫主仆二人故意把脚步放缓放沉走过那个屋前。走过了不闻一丝声息，主仆二人于是又回头走，想引起这家女人注意。

来回三次全无影响，一片灯光又证明这一家男子全睡了觉，妇女却还在灯下做工，事情近于不可解。

五羊出主意，先越过山茉莉做成的短篱，到了女人有灯光的窗下，听了听里面，就回头劝主人也到窗下来。神巫过来了，五羊就伏在地上，请主人用他的身体作为垫脚东西，攀到窗边去探望这家中情形。神巫不应允，五羊却不起来，所以神巫到后就照办了。因为这仆人垫脚，神巫的头刚及窗口，他就用手攀了窗边慢慢地小心地把头在窗口露出。那个窗原是敞开的，一举头房中情形即一目了然。神巫行为的谨慎，以至于全无声息，窗中人正背窗而坐，低头做鞋，竟毫无知觉。

神巫一看女人正是日间所见的女人，虽然是背影，也无从再有犹豫，心乱了。只要他有勇敢，他就可以从这里跳进去，做一个不速之客。他这样行事任何人都不会说他行为的荒唐。他这行为或给了女人一惊，但却是所有花帕族年轻女人都愿意在自己家中得到的一惊。

他望着，只发痴入迷，也忘了脚下是五羊的肩背。

女人是在用稻草心编制小篮，如金如银颜色的草心，在女人手上柔软如丝绦。神巫凝神静气看到一把草编成一只小篮，把五羊忘却，把自己也忘却了。在脚下的五羊，见神巫屏声息气的情形，又不敢说话，又不敢动，头上流满了汗。这忠实仆人，料不到主人把应做的事全然忘去，却用看戏心情对付眼前的。

到后五羊实在不能忍耐了，就用手扳主人的脚，无主意的神巫记起了垫脚的五羊，却以为五羊要他下来了，就跳到地上。

五羊低声说："怎么样？我的师傅。"

"在里边！"

"是不是？"

"我眼睛若是瞎了，嗅她的气味也知道这个人是谁。"

"那就大大方方跳进去。"

神巫迟疑了。他想起白日里族总家所见到的女子了。那女子才是夜间最后祈福的女子。那女子分明是在族总家中，且有了孩子，这女人则未必就是那一个。是姊妹，或者那样吧，但谁一个应当得到神巫的爱情？天既生下了这姊妹两个，同样的韶年秀美，谁应当归神巫所有？如果对神巫用眼睛表示了献身诚心的是另一人，则这一个女人是不是有权利侵犯？

五羊见主人又近于徘徊了，就说道："勇敢的师傅，我不希望见到你他一时杀虎擒豹，只愿意你此刻在这里唱一支歌。"

"你如果以为一个勇敢的人也有躲避麻烦的理由，我们还是另想他法或回去了吧。"

"打猎的人难道看过老虎一眼就应当回家吗？"

"我不能太相信我自己，因为也许另一个近处那一只虎才是我们要打的虎！"

"虎若是孪生，打孪生的虎要问尊卑吗？"

"但是我只要我所想要的一个，如果有两个可倾心的人，那我不如仍然做往日的神巫，尽世人永远倾心好了。"

五羊想了想，又说道："师傅肯定虎有两只么？"

"我肯定这一只不是那一只。"

"不会错吗？"

"我的眼睛不晕眩，不会把人看错。"

五羊要神巫大胆进到女人房里去，神巫恐怕发生错误，将爱情误给了另一个人又不甘心。五羊要神巫在窗下唱一首歌，逗女人开口，神巫又怕把柄落在不是昨夜那年轻女人手中，将来成笑话，故仍不唱歌。

这时是夜间，这一家男子白天上山做工，此时已全睡了。

惊吵男当家人既像极不方便，主仆二人就只有站在窗下等待天赐的机会，以为女人或者会到窗边来。其实到窗边来又有什么用处？女人不单在不久时间中即如所希望到窗边了，还倚伏在窗前眺望天边的大星。藏在山茉莉花下的主仆二人，望到女人仿佛在头上，唯恐惊了女人，不敢作声。女人数天上的星，神巫却度量女人的眼眉距离。因为天无月光，不能看清楚女人样子，仍然还无结论。

女人看了一会儿星，把窗关上。关了窗，只见一个影子在窗上晃，像是脱衣情形，五羊正待要请主人再上他的肩背探望时，灯光熄了。

五羊心中发痒，忍不住，想替主人唱一首歌，刚一发声，口就被神巫用手蒙住了。

“我将为师傅唱一曲歌给这女子听！”

“你不是记到龙朱主仆说的许多聪明话吗？为什么就忘掉‘畜养在笼中的鸟它飞不远’那一句呢？”

“师傅，口本来不是为唱歌而生的，不过你也忘了‘多情的鸟绝不是哑鸟’的话了！”

“大蒜！”

在平时，被骂为大蒜的五羊，是照例不再开口了的，要说话也得另找方向才行。可是如今的五羊却撒野了。他回答他的主人，话说得妙，他说：“若尽是这样站下来等，就让我这‘大蒜’生根抽苗也还是无办法的。”

神巫生了气，说：“那我们回去。”

“回去也行！他日有人说到某年某月某人的事，我将插一句话，说我的主张只有这一次违逆了师傅的命令，我以为纵回去也得唱一首歌，使花帕族女人知道今天晚上的情形，到后是师傅不允，我只得……”五羊一面后退一面说，一直退离窗下，离神巫有六步后，却重重咳了一声嗽，又像有意又像无心，头触了墙。激于义愤的五羊，见到主人今夜的妇人气概，想起来真有点儿不平了。

神巫见五羊已到了窗下，恐怕还要放肆，就赶过去。五羊见神巫走近了，又伏身到地，要主人做先前的事情。神巫用脚轻轻踢了一下这个热心的仆人，仆人却低声唱道：

花帕族的女人，
你们来看我勇敢的主人！
小心到怕使女人在梦中吃惊，
男子中谁见到过如此勇敢多情？

神巫急了，就用脚踹五羊的头，五羊还是昂头望主人笑。

在这时，忽然窗中灯光又明了。神巫为之一惊，抓了五羊的肩，提起如捉鸡，一跃就跳过山茉莉的围篱，到了大路上。

窗中灯明了，且见到窗上人影子。神巫心跳着，如先前初到此地时情形相同。五羊目睹此时情形哑口无声，只想蹲下，希望女人把窗推开时可以不为女人见到。女人似乎已知道屋外有人了。

过了一会儿，女人当真又到了窗边把窗推开了，立在窗前望天空吁气，却不曾对大路上注意。神巫为一种虚怯心情所指挥，仍然把身体藏到路旁树下去。他只要女人口上说出自己的名字一次，就预备即刻跃出到窗下去与女人会面，使女人见到神巫时如自天而降时一惊。

女人又像是全不知道路上有望她的人，看了一会儿星，又把窗关上，灯光稍后又熄了。

神巫放了一口气，心像掉落在大海里。他仍然不能向前，即或一切看得分明也不行。

五羊忧郁地向神巫请求道：“师傅，让那其余时节口的用处做另一事，这时却来唱一曲歌吧。”

神巫又想了半天，只为了不愿意太辜负今夜，点了头。他把声音压低，仰面向星光唱道：

瞅人的星我与你并不相识，
我只记得一个女人的眼睛，
这眼睛曾为泪水所湿，
那光明将永远闪耀我心。

过了一会儿，他又唱道：

天堂门在一个蠢人面前开时，
徘徊在门外这蠢人心实不甘。
若歌声是启辟这爱情的钥匙，
他愿意立定在星光下唱歌一年。

这歌反复唱了二十次三十次，窗中却无灯光重现，也再不见那女人推窗外望。意外的失败，使神巫主仆全愕然了。显然是神巫的歌声虽如一把精致钥匙，但所欲启辟的却另是一把锁，纵即或如歌中所说，唱一年，也不能得到结果了。

神巫在爱情上的失败，这还是第一次，他懊恼他自己的失策，又不愿意生五羊的气，打五羊一顿，回到家中就倒到床上睡了。

◘ 第三天的事

五羊在族总家的厨房中，与一个肥人喝酒。时间是早上。吃早饭以后，那胖厨子已经把早上应做的事做完了。他们就在灶边大凳上，各用小葫芦量酒，满葫芦酒咕嘟咕嘟向肚中灌，各人都有了三分酒意。五羊这个人，全无酒意时是另外一种人，除了神巫同谁也难多说话的。到酒在肚中涌时，五羊不是通常五羊了。不吃酒的五羊，话只说一成，聪明的人可以听出两成；到有了酒，他把话说一成，若不能听五成就不行了。

肥人是厨子，原应属于半东家的，也有了点儿酒意，就同五羊说："你那不懂风趣的师傅，到底有没有一个女子影子在他心上？"

五羊说："哥你真问得怪，我那师傅岂止——"

"有三个——五个——十五个——一百个？"肥人把数目加上去，仿佛很容易。

五羊喝了一口酒，不答。

"有几个？哥你说，不说我是不相信的。"

五羊却把手一摊说："哥，你相信吧，我那师傅是把所有花帕族女子连你我情人算在内，都搁在心头上的。他爱她们，所以不将身体交把哪一个女子。一个太懂爱情的人都愿意如此做的，做得到做不到那就看人了。可是我那师傅——"

"为什么他不把这些女人每夜引一个到山上去？"

"是吧，为什么我们不这样办？"

肥人对五羊的话奇怪了，含含糊糊地说："哈，你说我们，是吧，我们就可以这样办。天知道，我是怎样处置了爱我的女人！但是你为什么不学你的师傅？"

“他学我就好了。”

“倘若是学到了你的相貌，那可就真糟糕。”

“受麻烦的人却是相貌很好的人。”

“那我愿意受一点儿麻烦，把相貌变标致一点儿。”

“为什么你疑心你自己不标致呢？许多比你更丑的人他都不疑心自己的。”

“哥，你说得对，请喝！”

“喝！”

两人一举手，葫芦又逗在嘴上了。仿佛与女人亲嘴，两人的葫芦都一时不能离开自己的口。与酒结缘是厨子比五羊还来得有交情的，五羊到后像一堆泥，倒到烧火凳旁冷灰中了，厨子还是喝。

厨子望到五羊弃在一旁的葫芦已空，又为量上一葫芦，让五羊抱到胸前，五羊抱了这葫芦却还知道与葫芦口亲嘴，厨子则望到这情形，拍着大肚皮痴笑。厨子结结巴巴地说：“哥，听说人矮了可以成精，这精怪你师傅能赶走不能？”

睡在灰中的五羊，含糊地答道：“是吧，用木棒打他，就走了。”

“不能打！我说的是用道法！”

“念经吧。”

“不能念经。”

“为什么不能！唱歌可以抓得住精怪，念经为什么不能把精怪吓跑？近来一切都作兴用口喊的。”

“你这是放狗屁。”

“就是这样也好，你说得对。比那些流别人血做官的方法总是好一点儿吧。我说的，决不翻悔。……哥，你为什么不去做官？你用刀也杀了一些了，杀鸡杀猪杀人有什么不同。”

“你说无用处的话。”

“什么是有用？凡是用话来说的不全是无用吗？无用等于有用，论人才就是这种说法；有用等于无用，所以能干的就应当被杀了。”

“你这是念咒语不是？”

“跟到神巫的仆人若就会念咒语，那么……”

“你说什么？”

“我说跟到神巫的仆人是不会咒语的，不然那跟到族总的厨子也应有品级了。”

厨子到这时费思索了，把葫芦摇着，听里面还有多少酒。他倚立在灶边，望到五羊蜷成一个球倒在那灰堆上，鼾声已起了。他知道五羊正梦到在酒池里泅水，这时他也想跳下这酒池，就又是一葫芦酒咕嘟咕嘟喝下。这个地方的灶王，脾气照例非常和气，所以见到这两个酒鬼如此烂醉，也从不使他们肚痛，若是在别一处，那可不行，至少也非罚款不能了事的。

五羊这时当真梦到什么了呢？他梦到仍然同主人在一处，同站在昨晚上那女人窗前星光下轻轻地唱歌。天上星子如月明，照到身上使师傅威仪如神，温和如鹿，而超拔如鹤。身旁仍然是香花，花的香气却近于春兰，又近于玫瑰。主人唱歌厌倦了，要他代替，他不辞，就唱道：

要爱的人，你就爱，你就行，你莫停。
一个人，应当有一个本分，你本分？
你的本分是不让我主人将爱分给他人，
勇敢点，跳下楼，把他抱定，放松可不行。

五羊唱完这体面的歌，就仿佛听到女人在楼上答道：

跟到凤凰飞的鸦，你上来，你上来，
我将告给你这件事情的黑白。
别人的事你放在心上，不能忘，不能忘，
你自己的女人究竟在什么地方？

五羊又俨然答道：

我是神巫的仆人，追随十年，地保作证，
我师傅有了太太，他也将不让我独困。
倘若师傅高兴，送丫头把我，只要一个，
愚蠢的五羊，天冷也会为老婆捏脚。

女主人于是就把一个丫头扔下来了。丫头白脸长身，五羊用手接定，觉得很轻，还不如一箩谷子。五羊把女主人所给的丫头放到草地上，像陈列宝贝，他望到这个欢喜极了，他围绕这仿佛是熟睡的女子打转，跳跃欢乐如过年。他想把这人身体各部分望清楚一点儿，却总是望不清楚。他望到两个馒头。他又望到一个冬瓜，又望到一个小杯子，又望到一碗白炖萝卜……

奇奇怪怪的，是这行将为他妻的一身，全变成可吃的东西了。他得在每一件东西上品尝品尝，味道都如平常一切果子，新鲜养人，使人忘饱。

他在略知道到餍足时候才偷眼望神巫，神巫可完全两样，只一个人孤伶伶地站在那山茉莉旁边，用手遮了眼睛，不看一切。

五羊走过去时神巫也不知。五羊大声喊，也不应。五羊算定是女人不理主人了，就放大喉咙唱道：

若说英雄应当是永远孤独，
那狮子何处得来小狮子？
若主人被女人弃而不理，
我五羊将阉割终生！

这样唱后，他又有点儿悔，就借故说须到前面看看。到了前面他见到那厨子，腆着大的肚子，像庙中弥勒佛，心想这人平时吃肉太多了，就随意在那胖子肚上踢了一脚。胖子捧了大肚皮在草地上滚，草也滚平了。五羊望到这情形，就只笑，全忘了还应履行自己那件重要责任了。

过不久，梦境又不同了。他似乎同他的师傅往一个洞中走去，师傅伤心地哭着，大约为失了女人。大路上则有无数年轻女人用唱歌嘲笑这主仆二人，嘲笑到两人的嘴脸，说是太不高明。五羊就望到神巫同自己，真似乎全都苍老了，胡子硬戳戳全不客气地从嘴边茁长出来了。他一面偷偷地拔嘴上的胡子，一面低头走路。他经过的地方全是坟，且可以看到坟中平卧的人，还有烂了脸装着一副不高兴神气的。他临时记起了避魔咒的全文，这咒语，在平时是还不能念完一半的。这时一面念咒语一面走路，却仍然闻得到山茉莉花香气，只不明白这香气从何处吹来。

在酣醉中，这仆人肆无忌惮地做了许多怪梦。若非给神巫用一瓢冷水浇到头上，还不知道他尚有几个钟头才能酒醒的。当他能睁眼望他的主人时，时间已是下午了。望到神巫他想起梦中事，霍然一惊，余醉全散尽了，立起身来才明白在柴灰中打了滚，全身是灰。他用手摸自己的颈和脸，脸上颈上全为水所湿，还以为落了雨，把脸打湿了。他望到神巫，向神巫痴笑，却不知为什么事笑，又总觉得好笑不过，所以接着就大笑了。

神巫说："荒唐东西，你还不清醒吗？"

"师傅，我清醒了，不落雨恐怕还不能就醒！"

"什么雨落到你头上？你是一到这里来就像用糟当饭的，他日得醉死。"

"醉得人死的酒，为什么不喝！"

"来！跟我到后屋来。"

"是。"

神巫起身先走了。五羊站起了又坐下，头还是昏昏的，腿脚也很软，走路不大方便。他坐下之后，慢慢地把梦中的事归入梦里，把实际归入实际，记起了这时应为主人探听那件事了，就在各处寻找那厨子，那一堆肥肉终于为他在碓边发现了，忙舀了一瓢水，也如神巫一样，把水泼到厨子脸上去。厨子先还不醒，到后又给五羊加上一瓢水，水入了鼻孔，打了十来个大嚏。口中含含糊糊说了两句"出行大吉""对我生财"，用肥手抹了一下脸嘴，慢慢地又转身把脸侧向碓下睡着了。

五羊见到这情形，知道无办法使厨子清醒，纵是此时马房失火，大约这人也不会醒了，就拍了拍自己身上灰土，赶到主人住处后屋去。

到了神巫身边，五羊恭敬垂手站立一旁，脚腿发软只想蹲。

"我不知告你多少次了，总不能改。"

"是的，师傅。一个小人的坏毛病，和君子的美德一样，全是自己的事，天生的。”

“我要你做的事怎样了呢？”

“我并不是因为她是‘笼中的鸟飞不远’疏忽了职务，实在是为了……”

“除了为喝酒我看不出你有理由说谎。”

“一个完人总得说一点儿谎，我并不是完人，决不至于再来说谎！”

神巫烦恼了，不再看这个仆人。因为神巫发气，一面脚站久了受不了，一面想取媚神巫，请主人宽心，这仆人就乘势蹲到地上了。蹲到地上无话可说，他就用指头在地面上作图画，画一个人两手张开，向天求助情形，又画一个日头，日头作人形，圆圆的脸盘，对世界发笑。

“五羊，你知道我心中极其懊恼，想法过一个地方为我详细探听那一件事吧。”

“我刚才还梦到——”

“不要说梦了，我不问你做梦不做梦。你只帮我到别处去，问清楚我所想知道那一件事，你就算成功了。”

“我即刻就去。”他站起来，“不过怪得很，我梦到——”

“我没工夫听你说梦话，要说，留给你那同伴酒鬼说去吧。”

“我不说我的梦了，然而假使这件事，研究起来，我相信会有人感到趣味的。我梦到我——”

神巫不让五羊说完，喝住了他。五羊并不消沉，见主人实在不能忍耐，就笑着立正，点头，走出去。

五羊今天是已经把酒喝够了，他走到云石镇上卖糍粑处去，喝老妇人为尊贵体面神巫的仆人特备的蜜茶，吸四川金堂旱烟叶的旧烟斗，快乐如候补的仙人。他坐到一个蒲团上问那老妇人，为什么这地方女人如此对神巫倾心，他想把理由得到。卖糍粑的老妇人就说出那道理，平常之至，因为“神巫有可给世人倾心处”。

“伯娘，我有没有？”他意思是问有没有使女子倾心的理由。

“为什么没有？能接近神巫的除你以外还无别一个。”

“那我真想哭了。若是一个女人，也只像我那样与我师傅接近，我看不出她会以为幸福的。”

“这时花帕族年轻女人，哪怕神巫给她们苦吃也愿意！只是无一个女人能使神巫心中的火把点燃，也无一个女人得到神巫的爱。”

“伯娘，恐怕还有吧，我猜想总有那么一个女人，心与我师傅的心接近，胜过我与我师傅的关系。”

“这不会有的事！女人成群在神巫面前唱歌，神巫全不理会，这骄傲男子，哪里能对花帕族女人倾心？”

“伯娘，我试那么问一句：这地方，都不会有女人用她的歌声，或眼睛，揪住我师傅的心么？”

“没有这种好女子，我是分明的。花帕族女子配做皇后的，也许还有人，至于做神巫的妻是无一个的。”

“我猜想，族总对我主人的优渥，或者家中有女儿要收神巫做子婿。”

“你想的事并不是别人所敢想的。”

“伯娘，有了恋爱的人，胆子是非常大的。”

“就大胆，族总家除了个女小孩以外，就只一个哑子寡媳妇。哑子胆大包天，也总不能在神巫面前如一般人说愿意要神巫收了她。”

五羊听到这话诧异了，哑子媳妇是不是——他问老妇人，说："他家有一个哑媳妇么？相貌是……"

"一个人哑了，相貌说不到。"

"我问的是瞎不瞎？"

"这人是有一对大眼睛的。"

"有一对眼睛，那就是可以说话的东西了！"

"虽地方上全是那么说，说她的舌是生在眼睛上，我这蠢人可看不出来。"

"我的天——"

"怎么咧？'天'不是你这人的，应当属于那美壮的神巫。"

"是，应当属于这个人！神的仆人是神巫，神应归他侍奉，我告诉他去。"

五羊说完就走了，老妇人全不知道这是为什么。

不过走出了老妇人门的五羊，望到这家门前的胭脂花，又想起一件事来了，他回头又进了门。妇人见到这样子，还以为爱情的火是在这神巫仆人心上熊熊地燃了，就说："年轻人，什么事使你如水车匆忙打转？"

"伯娘，因为水的事侄儿才像水车……不过我想知道另外在两里路外碉楼附近住的人家还有些什么人，请你随便指示我一下。"

"那里是族总的亲戚，另外一个哑子，是这一个哑子的妹，听说前夜还到道场上请福许愿，你或者见到了。"

五羊点头。

那老妇人就大笑，拍手摇头，她说："年轻人，在一百匹马中独被你看出了两只有疾病的马，你这相马的伯乐将成为花帕族永远的笑话了。"

"伯娘，若果这真是笑话，那让这笑话留给后人听吧。"

五羊回到神巫身边，不作声。他想这事怎么说才好？还想不出方法。

神巫说：“你是到外面打听酒价去了？”

五羊不分辩，他照到主人意思，说：“师傅，的确是，探听明白的事正如酒价一样，与主人恋爱无关。”

“你不妨说说我听。”

“师傅要听，我不敢隐瞒一个字。只请师傅小心，不要生气，不要失望，不要怪仆人无用……”

“说！”

“幸福是孪生的，仆人探听那女人结果也是如此。”

神巫从椅上跳起来了。五羊望到神巫这样子更把脸烂了。

“师傅，你慢一点儿欢喜吧。据人说这两个女人的舌头全在眼睛上，事情不是假的！”

“那应当是真事！我见到她时她真只用眼睛说话的。一个人用眼睛示意，用口接吻，是顶相宜的事了，要言语做什么。”

五羊待要分明说这是哑子，见到神巫高兴情形，可不敢说了。他就只告给神巫，说是到神坛中许愿的一个是远处的一个，在近处的是族总的寡媳，那人的亲姊妹。

因为花帕族的谚语是“猎虎的人应当猎那不曾受伤的虎，才是年轻人本分”，这主仆二人于是决定了当夜的行动。

第三天晚上的事

到晚来，忽然刮风了，落雨了，像天出了主意，不许年轻人荒唐。天虽有意也不能阻拦这神巫主仆二人。正因为天变了卦，凡是逗留在大路上，以及族总门前、镇旁寨门边的女人，知道天落了雨，神巫不至于出门，等候也是枉然，因此无一个人拦路了。既然这类近于绊脚石的女人不挡路，他们反而因为天雨方便许多了。

吃过了晚饭，老族总走过神巫住处来谈天，因为天气忽变，愿意神巫留到云石镇多住几天。神巫还不答应，五羊便说："一个对酒有嗜好的人，实在应当在总爷府中留一年；一个对女人有嗜好的人，至少也应当留半……"

五羊的话被主人喝住不说了，老族总明白神巫极不欢喜女人，见到神巫神情不好，就说："在这里委屈了年轻的师傅了，真对不起。花帕族女人用不中听的歌声麻烦了神巫，天也厌烦了，所以今天落了雨。"

神巫说："祖父说哪里话，一个白脸族平凡男子，到这里得到全镇父老姊妹的欢迎，他心里真过意不去！天落雨这罪过是仍然应归在神的仆人头上的，因为他不能牺牲他自己，为人过于自私。不过神可以为我证明，我并不希望今夜落雨啊！"

"自私也是好的，一个人不能爱自己他也就无从爱旁人了。花帕族女人在爱情上若不自私，灭亡的时期就快到了。"

神巫不敢答话，就在房中打圈走路，用一个勇士的步法，轻捷若猴，沉重若狮子，使老族总见了心中喝彩。

老族总见五羊站在一旁，想起这人的酒量来了，就问道："有光荣的朋友，你到底能有多大酒量？"

五羊说："我是吃糟也能沉醉的人，不过有时也可以连喝十大碗。"

"我听说你跟龙朱矮仆人学过歌的，成绩总不很坏吧？"

“可惜人过于蠢笨，凡是那矮人为龙朱尽过力的事我全不曾为师傅做到。”

“你自己在吃酒以外，还有什么好故事没有？”

“故事是有的。大概一个体面人才有体面的事，轮到五羊的故事，也都是笑话了。我梦到女主人赏我一个妇人哩，是白天的梦。我如今只好极力把女主人找到，再来请赏。”

老族总听到这话好笑，觉得天真烂漫的五羊，嗜酒也无害其心上天真，就戏说：“你为你师傅做的事，也有一点儿‘眉目’没有？”

“有‘目’不有‘眉’。……哈哈，是这样吧，这话应当这样说吧。……天不同意我的心，下了雨！”

“不下雨，你大约是可以打火把到满村子去找人，是不是？”

老族总说完打哈哈笑了。

“不必这样费神——”五羊极认真地这样说，下面还有话，神巫恐怕这人口上不检，误了事，就喊他拿廊下的马鞍进来，恐怕雨大漂湿了鞍鞯。五羊走出去了，老族总向神巫说：“你这个用人真不坏。许多人因为爱情把心浸柔软了，他的心却是泡在酒里变天真的。”

神巫不作答，用微笑表示老人这话有道理。他仍然在房中来回走着，一面听到外面风雨撼树的声音，想起另一个地方的山茉莉与胭脂花或者已为风雨毁完了，又想起那把窗推开向天吁气女人的情形，又想起在神坛前流泪女人的情形，忽然心烦起来了，眉皱聚在一处，忘了族总在身边，顿足喊五羊。五羊本是候在门外廊下，听到喊就进来了，问要什么。神巫又无可说了，就顺口问雨有多大，一时会不会止。

五羊看了看老族总，聪明地回答神巫道："还是尽这雨落吧，河中水消了，绊脚石就会出现！"

神巫不理会，仍然走动。老族总就说："天落雨，是为我留客，明天不必走了，等候天气晴朗时再说。"

神巫想说一句什么话，老族总已注意到，神巫到后又不说了。

老族总又坐了一会儿，告辞了。老族总去后不久，神巫便问五羊蓑衣预备好了没有。五羊说时间太早，还不到二更，不合宜。于是主仆二人等候时间，在雨声中消磨了半天。

出得门时已半夜了。风时来时去。雨还是在头上落。道路已成了小溪，各处岔道全是活活的流水。在这样天气下头，善于唱歌、夜莺一样的花帕族女人，全敛声息气各在家中睡觉了。用蓑衣裹了身体的主仆二人，出了云石镇大寨门，经过无数人家，经过无数田坝，到了他们所要到的地方。

立在雨中望面前房子，神巫望到那灯光，仍然在昨晚上那一处。他知道这一家男子睡了觉，仍然是女子未曾上床。他心子跳跃着越过那山茉莉的矮篱，走到窗下去。五羊仍然蹲到地下，还要主人踹踏他的肩，神巫轻轻地就上了五羊的肩头。

今夜窗已关上了，但这窗是薄棉纸所糊，神巫仿照剑客行为，把窗纸用唾液湿透，通了一个小窟窿，就把眼睛向窟窿里望。

房中无一人，只一盏灯摇摇欲熄。再向床前望，床边一张大木椅上是一堆白色衣裙，床上蚊帐已放下，人睡了。神巫想轻轻地喊一声，又恐怕惊动了这一家其余的人。他攀了窗边等候了许久，还无变动。女人是已经熟睡，或者已做梦梦到在神巫身边了。神巫眼看到灯是快熄，再过一阵若仍无办法就更不方便了，他缩身下地，把情形告给五羊。五羊以为就是这样翻了窗进去，其余无更好办法。他说请聪明的龙朱来做此事也只有如此，若这一点儿勇气也缺少，那将永远为花帕族女人笑话了。

神巫应允了，就又踩着五羊的肩爬到了窗边。然而望到那帐子，又不敢用手开窗了。他不久又跳下了地。

上去，下来，下来，上去……一连七八次，还无结果。到后一次下了决心，他仍然上到五羊的肩头。他将手从那窗格中伸了进去，摸到了窗上的铁扣，把它轻轻移去，窗开了。

开了窗，五羊先是蹲着，这时慢慢地用力站起，于是这忠实的仆人把他的主人送进窗里去了。五羊做毕这事以后，肩头上的泥水也忘记拍去，站在这窗下淋雨。他望到那窗里的灯光，目不转睛。他耳朵则仿佛已扯长到了窗上。他不能想象这时的师傅是什么情形，但他把雨风一切面前的事也忘了。忽然灯熄了，这仆人几乎喊出声来，忙咬着蓑衣的边沿，走远一点儿。

为了忘记把窗关上，一阵风来，无油的灯便吹熄了。灯熄了时神巫刚好身到床边，正想用手掀那细白麻布帐子。灯一熄，一切黑暗，神巫茫然了。过了一阵他记起身边有“取灯”了，他从身上摸出来刮燃，又把灯点上。五羊在外面见了灯光，又几乎喊出声来。灯燃了时他又去掀那帐子，这年轻无经验的人在虎身边时还无如此害怕，如今可是全身发抖了。

还有更使他吃惊的事，在把帐门打开以后，原来这里的姊妹两个，并在一头，神巫疑心今夜的事完全是梦。

……

一九二九年春作

○ ○ ○ 媚金，豹子与那羊

不知道麻梨场麻梨的甜味的人，告他白脸苗的女人唱的歌是如何好听也是空话。听到摇橹的声音觉得很美是有人。听到雨声风声觉得美的也有人。听到小孩子半夜哭喊，以及芦苇在小风中说梦话那样细细地响，以为美，也总不缺少那呆子。这些是诗。但更其是诗，更其容易把情绪引到醉里梦里的，就是白脸族苗女人的歌。听到这歌的男子，把流血成为自然的事，这是历史上相传下来的魔力了。一个熟悉苗中掌故的人，他可以告你五十个有名美男子被丑女人的好歌声缠倒的故事，他又可以另外告你五十个美男子被白脸苗女人的歌声唱失魂的故事。若是说了这些故事的人，还有故事不说，那必定是他还忘了把媚金的事情相告。

媚金的事是这样。她是一个白脸苗中顶美的女人，同到凤凰族相貌极美又顶有一切美德的一个男子，因唱歌成了一对。两方面在唱歌中把热情交流了。于是女人就约他夜间往一个洞中相会。男子答应了。这男子名叫豹子。豹子答应了女人夜里到洞中去，因为是初次，他预备牵一只小山羊去送女人，用白羊换媚金贞女的红血，所做的纵是罪恶，似乎神也许可了。谁知到夜豹子把事情忘了，等了一夜的媚金，因无男子的温暖，就冷死在洞中。豹子在家中睡到天明才记起，赶即去，则女人已死了，豹子就用自己身边的刀自杀在女人身旁。尚有一说则豹子的死，为此后仍然常听到媚金的歌，因寻不到唱歌人，所以自杀。

但是传闻全为人所撰拟，事情并不那样。看看那遗传下来据说是豹子临死以前用树枝画在洞里地面沙上最后的一首诗，那意思，却是媚金有怨豹子爽约的语气。媚金是等候豹子不来，以为自己被欺，终于自杀了。豹子是因了那一只羊的缘故，爽了约，到时则媚金已死，所以豹子就从媚金胸上拔出那把刀来，陷到自己胸里去，也倒在洞中。至于羊此后的消息，以及为什么平时极有信用的豹子，却在这约会上成了无信的男子，是应当问那一只羊了。都因为那一只羊，一件喜事变成了一件悲剧，无怪乎白脸族苗人如今有不吃羊肉的理由。

但是问羊又到什么地方去问？每一个情人送他情妇的全是一只小小白山羊，而且为了表示自己的忠诚与这恋爱的坚固，男人总说这一只羊是当年豹子送媚金姑娘那一只羊的血族。其实说到当年那一只羊，究竟是公山羊或母山羊，谁也还不能够分明。

让我把我所知道的写来吧。我的故事的来源是得自大盗吴柔。吴柔是当年承受豹子与媚金遗下那一只羊的后人，他的祖先又是豹子的拳棍师傅，所传下来的事实，可靠的自然较多。后面是那故事。

媚金站在山南，豹子站在山北，从早唱到晚。山就是现在还名为唱歌山的山。当年名字是野菊，因为菊花多，到秋来满山一片黄。如今还是一样黄花满山，名字是因为媚金的事而改了。唱到后来的媚金，承认是输了，是应当把自己交与豹子，尽豹子如何处置了，就唱道：

红叶过冈是任那九秋八月的风，
把我成为妇人的只有你。

豹子听到这歌，欢喜得踊跃。他明白他胜利了。他明白这个白脸族中最美丽风流的女人，心归了自己所有，就答道：

白脸族一切全属第一的女人，
请你到黄村的宝石洞里去。
天上大星子能互相望到时，
那时我看见你你也能看见我。

媚金又唱：

我的风，我就照到你的意见行事。
我但愿你的心如太阳光明不欺，
我但愿你的热如太阳把我融化。
莫让人笑凤凰族美男子无信，
你要我做的事自己也莫忘记。

豹子又唱：

放心，我心中的最大的神。
豹子的美丽你眼睛曾为证明。
豹子的信实有一切人作证。
纵天空中到时落的雨是刀，
我也将不避一切来到你身边与你亲嘴。

天是渐渐夜了。野猪山包围在紫雾中如今日黄昏景致一样。

天上剩一些起花的红云，送太阳回地下，太阳告别了。到这时打柴人都应归家，看牛羊人应当送牛羊归栏，一天已完了。过着平静日子的人，在生命上翻过一页，也不必问第二页上面所载的是些什么，他们这时应当从山上，或从水边，或从田坝，回到家中吃饭时候了。

豹子打了一声呼哨，与媚金告别，匆匆赶回家，预备吃过饭时找一只新生的小羊到宝石洞里去与媚金相会。媚金也回了家。

回到家中的媚金，吃过了晚饭，换过了内衣，身上擦了香油，脸上擦了宫粉，对了青铜镜把头发挽成一个大髻，缠上一匹长一丈六尺的绉绸首帕，一切已停当，就带了一个装满了酒的长颈葫芦，以及一个装满了钱的绣花荷包，一把锋利的小刀，走到宝石洞去了。

宝石洞当年，并不与今天两样。洞中干燥，铺满了白色细沙，有用石头做成的床同板凳，有烧火地方，有天生凿空的窟窿，可以望星子，所不同的，不过是当年的洞供媚金、豹子两人做新房，如今变成圣地罢了。时代是过去了。好的风俗是如好的女人一样，都要渐渐老去的。一个不怕伤风，不怕中暑，完完全全天生为少年情人预备的好地方，如今却供奉了菩萨，虽说菩萨就是当年殉爱的两人，但媚金、豹子若有灵，都会以为把这地方盘踞为不应当吧。这样好地方，既然是两个情人死去的地方，为了纪念这一对情人，除了把这地方来加以人工，好好布置，专为那些唱歌互相爱悦的少男少女聚会方便外，真没有再适当的用处了。不过我说过，地方的好习惯是消灭了，民族的热情是下降了，女人也慢慢地像中国女人，把爱情移到牛羊金银虚名虚事上来了，爱情的地位显然是已经堕落，美的歌声与美的身体同样被其他物质战胜成为无用东西了，就是有这样好地方供年轻人许多方便，恐怕媚金同豹子，也见不惯这些假装的热情与虚伪的恋爱，倒不如还是当成圣地，省得来为现代的爱情脏污好！

如今且说媚金到宝石洞的情形。

她是早先来，等候豹子的。她到了洞中，就坐到那大青石做成的床边。这是她行将做新妇的床。石的床，铺满了干麦秆草，又有大草把做成的枕头，干爽的弯形洞顶仿佛是帐子，似乎比起许多床来还合用。她把酒葫芦挂到洞壁钉上，把绣花荷包放到枕边（这两样东西是她为豹子而预备的），就在黑暗中等候那年轻壮美的情人。洞口微微的光照到外面，她就坐着望到洞口有光处，期待那黑的巨影显现。

她轻轻地唱着一切歌，娱悦到自己。她用歌去称赞山中豹子的武勇与人中豹子的美丽，又用歌形容到自己此时的心情与豹子的心情。她用手揣自己身上各处，又用鼻子闻嗅自己各处；揣到的地方全是丰腴滑腻如油如脂，嗅到的气味全是一种甜香气味。她又把头上的首巾除去，把髻拆松，比黑夜还黑的头发一散就拖地。媚金原是白脸族极美的女人，男子中也只有豹子，才配在这样女人身上做一切撒野的事。

这女人，全身发育到成圆形，各处的线全是弧线，整个的身材却又极其苗条相称。有小小的嘴与圆圆的脸，有一个长长的鼻子。有一个尖尖的下巴。还有一对长长的眉毛。样子似乎是这人的母亲，照到何仙姑捏塑成就的，人间绝不应当有这样完全的精致模型。请想想，再过一点钟，两点钟，就应当把所有衣衫脱去，做一个男子的新妇，这样的女人，在这种地方，略为害着羞，容纳了一个莽撞男子的热与力，是怎样动人的事！

生长于二十世纪，一九二八年，在中国上海地方，善于在朋友中刺探消息，各处造谣，天生一张好嘴，得人怜爱的文学家，聪明伶俐为世所惊服，但请他来想象媚金是如何美丽的一个女人，仍然是很难的一件事。

白脸族苗女人的秀气清气，是随到媚金减了多日了。这事是谁也能相信的。如今所见到的女人，只不过是下品中的下品，还足使无数男子倾心，使有身份的汉人低头，媚金的美貌也就仿佛可以得知了。

爱情的字眼，是已经早被无数肮脏的虚伪的情欲所玷污，再不能还到另一时代的纯洁了。为了说明当时媚金的心情，我们是不愿再引用时行的话语来装饰，除了说媚金心跳着在等候那男子来压她以外，她并不如一般天才所想象的叹气或独白！

她只望豹子快来，明知是豹子要咬人她也愿意被吃被咬。

那一只人中豹子呢?

豹子家中无羊，到一个老地保家买羊去了。他拿了四吊青钱，预备买一只白毛的小母山羊，进了地保的门就说要羊。

地保见到豹子来问羊，就明白是有好事了，向豹子说：“年轻的标致的人，今夜是预备做什么人家的新郎?”

豹子说：“在伯伯眼中，看得出豹子的新妇所在。”

“是山茶花的女神，才配为豹子屋里人。是大鬼洞的女妖，才配与豹子相爱。人中究竟是谁，我还不明白。”

“伯伯，人人都说凤凰族的豹子相貌堂堂，但是比起新妇来，简直不配为她做垫脚蒲团！”

“年轻人，不要太自谦卑。一个人投降在女人面前时，是看起自己来本就一钱不值的。”

“伯伯说的话正是！我是不能在我那个人面前说到自己的。得罪伯伯，我今夜里就要去做丈夫了。对于我那人，我的心，要怎样来诉说呢？我来此是为伯伯匀一只小羊，拿去献给那给我血的神。”

地保是老年人，是预言家，是相面家，听豹子在喜事上说到血，就一惊。这老年人似乎就有一种预兆在心上明白了，他说：“年轻人，你神气不对。”

“伯伯呵！今夜你的儿子是自然应当与往日两样的。”

“你把脸到灯下来我看。”

豹子就如这老年人的命令，把脸对那大青油灯。地保看过后，把头点点，不作声。

豹子说：“明于见事的伯伯，可不可以告我这事的吉凶？”

“年轻人，知识只是老年人的一种消遣，于你们是无用的东西！你要羊，到栏里去拣选，中意的就拿去吧。不要给我钱。不要致谢。我愿意在明天见到你同你新妇的……”

地保不说了，就引导豹子到屋后羊栏里去。豹子在羊群中找取所要的羔羊，地保为他掌灯相照。羊栏中，羊数近五十，小羊占一半，但看去看来却无一只小羊中豹子的意。毛色纯白的又嫌稍大，较小的又多脏污。大的羊不适用那是自然的事，毛色不纯的羊又似乎不配送给媚金。

“随随便便，年轻人，你自己选。”

“选过了。”

“羊是完全不合用吗？”

“伯伯，我不愿意用一只驳杂毛色的羊与我那新妇的洁白贞操相比。”

“不过我愿意你随随便便选一只，赶即去看你那新妇。”

“我不能空手，也不能用伯伯这里的羊，还是要到别处去找！”

“我是愿意你随便点儿。”

“道谢伯伯，今天是豹子第一次与女人取信的事，我不好把一只平常的羊充数。”

“但是我劝你不要羊也成。使新妇久候不是好事。新妇所要的并不是羊。”

“我不能照伯伯的忠告行事，因为我答应了我的新妇。”

豹子谢了地保，到别一人家去看羊。送出大门的地保，望到这转瞬即消失在黑暗中的豹子，叹了一口气，大数所在，这预言者也无可奈何，只有关门在家等消息了。他走了五家，全无合意的羊，不是太大就是毛色不纯。好的羊在这地方原是如好的女人一样，使豹子中意全是偶然的事！

当豹子出了第五家养羊人家的大门时，星子已满天，是夜静时候了。他想，第一次答应了女人做的事，就做不到，此后尚能取信于女人吗？空手地走去，去与女人说羊是找遍了全个村子还无中意的羊，所以空手来，这谎话不是显然了吗？他于是下了决心，非找遍全村不可。

凡是他所知道的地方他都去拍门，把门拍开时就低声柔气说出要羊的话。豹子是用着他的壮丽在平时就使全村人皆认识了的，听到说要羊送女人，所以人人无有不答应。像地保那样热心耐烦地引他到羊栏去看羊，是村中人的事。羊全看过了，很可怪的事是无一只合适的小羊。

在洞中等候的媚金着急情形，不是豹子所忘记的事。见了星子就要来的临行嘱托，也还在豹子耳边停顿。但是，答应了女人为抱一只小羔羊来，如今是羊还不曾得到，所以豹子这时着急的，倒只是这羊的寻找，把时间忘了。

想在本村里找寻一只净白小羊是办不到的事，若是一定要，那就只有到离此三里远近的另一个村里询问了。他看看天空，以为时间尚早。豹子为了守信，就决心一气跑到另一村里去买羊。

到别一村去道路在豹子走来是极其熟悉的，离了自己的村庄，不到半里，大路上，他听到路旁草里有羊叫的声音。声音极低极弱，这汉子一听就明白这是小羊的声音。他停了，又仔细地侧耳探听，那羊又低低地叫了一声。他明白是有一只羊掉在路旁深坑里了，羊是独自留在坑中有了一天，失了娘，念着家，故在黑暗中叫着哭着。

豹子借到星光拨开了野草，见到了一个地口。羊听到草动，就又叫，那柔弱的声音从地口出来。豹子欢喜极了。豹子知道近来天气晴明，坑中无水，就溜下去。坑只齐豹子的腰，坑底的土已干硬了，豹子下到坑中以后稍过一阵，就见到那羊了。羊知道来了人便叫得更可怜，也不走拢到豹子身边来。原来羊是初生不到十天的小羔，看羊人不小心，把羊群赶走，尽它掉下了坑，把前面一只脚跌断了。

豹子见羊已受了伤，就把羊抱起，爬出坑来，以为这羊无论如何是用得着了，就走向媚金约会的宝石洞路上去。在路上，羊却仍然低低地喊叫。豹子悟出羊的痛苦来了，心想只有抱它到地保家去，请地保为敷上一点儿药，再带去。他就又反向地保家走去。

到了地保家，拍门时，正因为豹子事无从安睡的老人，还以为是豹子的凶信来了。老人隔门问是谁。

“伯伯，是你的侄儿。羊是得到了，因为可怜的小东西受了伤，跌坏了脚，所以到伯伯处求治。”

“年轻人，你还不去你新妇那里吗？这时已半夜了，快把羊放到这里，不要再耽搁一分一秒吧。”

“伯伯，这一只羊我断定是我那新妇所欢喜的。我还不能看清楚它的毛色，但我抱了这东西时，就猜得这是一只纯白的羊！它的温柔与我的新妇一样，它的……”

那地保真急了，见到这汉子对于无意中拾来一只受伤的羊，像对这羊在作诗，就把门闩抽去砰的把门打开。一线灯光照到豹子怀中的小羊身上，豹子看出了小羊的毛色。

羊的一身白得像大理的积雪。豹子忙把羊抱起来亲嘴。

“年轻人，你这是做什么？你忘了你是应当在今夜做新郎了？”

“伯伯，我并不忘记！我的羊是天赐的。我请你赶紧设法把羊脚搽一点儿药水，我就应当抱它去见我的新人了。”

地保只摇头，把羊接过手来在灯下检视，这小羊见了灯光再也不喊了，只闭了眼睛，鼻孔里咻咻地出气。

过了不久豹子已在向宝石洞的一条路上走着了。小羊在他怀中得了安眠。豹子满心希望到宝石洞时见到了媚金，同媚金说到天赐这羊的事。他把脚步放宽，一点儿不停，一直上了山，过了无数高崖，过了无数水涧，走到宝石洞。

到得洞外时东方的天已经快明了。这时天上满是星，星光照到洞门，内中冷冷清清不见人。他轻轻地喊：“媚金，媚金，媚金！”

他再走进一点儿，则一股气味从洞中奔出，全无回声，多经验的豹子一嗅便知道这是血腥气。豹子愕然了。稍稍发痴，即刻把那小羊向地下一掼，奔进洞中去。

到了洞中以后，向床边走去，为时稍久，豹子就从天空星子的微光返照下望到媚金倒在床上的情形了。血腥气也就从那边而来。豹子扑拢去，摸到媚金的额，摸到脸，摸到口，口鼻只剩了微热。

“媚金！媚金！”

喊了两声以后，媚金微微地嘤地应了一声。

“你做什么了呢？”

先是听嘘嘘地放气，这气似乎并不是从口鼻出，又似乎只是在肚中响，到后媚金转动了，想爬起不能，就幽幽地继续地说道：“喊我的是日里唱歌的人不？”

“是的，我的人！他日里常常是忧郁地唱歌，夜里则常是孤独地睡觉，他今天这时却是预备来做新郎的……为什么你是这个样子了呢？”

“为什么？”

“是！是谁害了你？”

“是那不守信实的凤凰族年轻男子，他说了谎。一个美丽的完人，总应当有一些缺点，所以菩萨就给他一点儿说谎的本能。我不愿在说谎人面前受欺，如今我是完了。”

“并不是！你错了！全因为凤凰族男子不愿意第一次对一个女人就失信，所以他找了一整夜才无意中把那所答应的羊找到，如今是得了羊倒把人失了。天哪，告我应当在什么事情上面守着那信用。”

临死的媚金听到这语，知道豹子迟来的理由是为了那羊，知道并不是失约了，对于自己在失望中把刀陷进胸膛里的事是觉得做错了。她就要豹子扶她起来，把头靠到豹子的胸前，让豹子的嘴放到她额上。

女人说："我是要死了。……我因为等你不来，看看天已快亮，心想自己是被欺了……所以把刀放进胸膛里了。……你要我的血，我如今是给你血了。我不恨你。……你为我把刀拔去，让我死。……你也乘天未大明就逃到别处去，因为你并无罪。"

豹子听着女人断断续续地说到死因，流着泪，不作声。他想了一阵，轻轻地去摸媚金的胸，摸着了全染了血的媚金的奶，奶与奶之间则一把刀柄浴着血。豹子心中发冷，打了一个战。

女人说："豹子，为什么不照到我的话行事呢？你说是一切为我所有，那么就听我命令，把刀拔去了，省得我受苦。"

豹子还是不作声。

女人过了一阵，又说："豹子，我明白你了，你不要难过。你把你得来的羊拿来我看。"

豹子就好好把媚金放下，到洞外去捉那只羊。可怜的羊是无意中被豹子已掼得半死，也卧在地下喘气了。

豹子望一望天，天是完全发白了。远远的有鸡在叫了。他听到远处的水车响声，像平常做梦日子。

他把羊抱进洞去给媚金，放到媚金的胸前。

"豹子，扶我起来，让我同你拿来的羊亲嘴。"

豹子把她抱起，又把她的手代为抬起，放到羊身上。"可怜这只羊也受伤了，你带它去了吧。……为我把刀拔了，我的人。不要哭。……我知道你是爱我，我并不怨恨。你带羊逃到别处去好了。……呆子，你预备做什么？"

豹子是把自己的胸也袒出来了，他去拔刀。陷进去很深的刀是用了大的力才拔出的。刀一拔出血就涌出来了，豹子全身浴着血。豹子把全是血的刀子扎进自己的胸脯，媚金还能见到就含着笑死了。

天亮了，天亮了以后，地保带了人寻到宝石洞，见到的是两具死尸，与那曾经自己手为敷过药此时业已半死的羊，以及似乎是豹子临死以前用树枝在沙上写着的一首歌。地保于是乎把歌读熟，把羊抱回。

白脸苗的女人，如今是再无这种热情的种子了。她们也仍然是能原谅男子，也仍然常常为男子牺牲，也仍然能用口唱出动人灵魂的歌，但都不能做媚金的行为了！

一九二八年冬作

○ ○ ○ 月下小景

初八的月亮圆了一半，很早就悬到天空中。傍了××省边境由南而来的横断山脉长岭脚下，有一些为人类所疏忽、历史所遗忘的残余种族聚集的山寨。他们用另一种言语，用另一种习惯，用另一种梦，生活到这个世界一隅，已经有了许多年。当这松杉挺茂嘉树四合的山寨，以及寨前大地平原，整个为黄昏占领了以后，从山头那个青石碉堡向下望去，月光淡淡地洒满了各处，如一首富于光色和谐雅丽的诗歌。山寨中，树林角上，平田的一隅，各处有新收的稻草积，以及白木做成的谷仓。各处有火光，飘扬着快乐的火焰，且隐隐地听得着人语声，望得着火光附近有人影走动。官道上有马项铃清亮细碎的声音，有牛项下铜铎沉静庄严的声音。从田中回去的种田人，从乡场上回家的小商人，家中莫不有一个温和的脸儿，等候在大门外，厨房中莫不预备有热腾腾的饭菜，与用瓦罐炖热的家酿烧酒。

薄暮的空气极其温柔，微风摇荡，大气中有稻草香味，有烂熟了的山果香味，有甲虫类气味，有泥土气味。一切在成熟，在开始结束一个夏天阳光雨露所及长养生成的一切。一切光景具有一种节日的欢乐情调。

柔软的白白月光，给位置在山岨上的石头碉堡，画出一个明明朗朗的轮廓，碉堡影子横卧在斜坡间，如同一个巨人的影子。碉堡缺口处，迎月光的一面，倚着本乡寨主独生儿子傩佑。傩神所保佑的儿子，身体靠定石墙，眺望那半规新月，微笑着思索人生苦乐。

“……人实在值得活下去，因为一切那么有意思，人与人的战争，心与心的战争，到结果皆那么有意思，无怪乎本族人有英雄追赶日月的故事。因为日月若可以请求，要它停顿在那儿时，它便停顿，那就更有意思了。”

这故事是这样的：第一个××人，用了他武力同智慧得到人世一切幸福时，他还觉得不足，贪婪的心同天赋的力，使他勇往直前去追赶日头、找寻月亮，想征服主管这些东西的神，勒迫他们在有爱情和幸福的人方面，把日子去得慢一点儿；在失去了爱心子为忧愁失望所啮蚀的人方面，把日子又去得快一点儿。结果这贪婪的人虽追上了日头，却被日头的热所烤炙，在西方大泽中就渴死了。至于日月呢，虽知道了这是人类的欲望，却只是万物中之一的欲望，故不理会。因为神是正直的，不阿其所私的，人在世界上并不是唯一的主人，日月不单为人类而有。日头为了给一切生物热和力，月亮为了给一切虫类唱歌，用这种歌声与银白光色安息劳碌的大地。日月虽仍然若无其事地照耀着整个世界，看着人类的忧乐，看着美丽的变成丑恶，又看着丑恶的称为美丽，但人类太进步了一点儿，比一切生物智慧较高，也比一切生物更不道德。既不能用严寒酷热来困苦人类，又不能不将日月照及人类，故同另一主宰人类心之创造的神，想出了一个办法，就是使此后快乐的人越觉得日子太短，使此后忧愁的人越觉得日子过长，人类既然凭感觉来生活，就在感觉上加给人类一种处罚。

这故事有作为月神与恶魔商量结果的传说，就因为恶魔是在夜间出世的。人皆相信这是月亮做成的事，与日头毫无关系。凡一切人讨论光阴去得太快或太慢时，却常常那么诅咒：“日子，滚你的去吧。”痛恨日头而不憎恶月亮，土人的解释，则为人类性格中，慢慢地已经神性渐少，恶性渐多。另外就是月光较温柔、和平，给人以智慧的冷静的光，却不给人以坦白直率的热，因此普遍生物皆欢喜月光，人类中却常常诅咒日头。约会恋人的，走夜路的，做夜工的，皆觉得月光比日光较好。在人类中讨厌月光的只是盗贼，本地方土人中却无盗贼，也缺少这个名词。

这时节，这一个年纪还刚只满二十一岁的寨主独生子，由于本身的健康，以及从另一方面所获得的幸福，对头上的月光正满意地会心微笑，似乎月光也正对了他微笑。傍近他身边，有一堆白色东西。这是一个女孩子，把她那长发散乱的美丽头颅，靠在这年轻人的大腿上，把它当作枕头安静无声地睡着。女孩子一张小小的尖尖的白脸，似乎被月光漂过的大理石，又似乎月光本身。一头黑发，如同用冬天的黑夜作为材料，由盘踞在山洞中的女妖亲手纺成的细纱。眼睛、鼻子、耳朵，同那一张产生幸福的泉源的小口，以及颊边微妙圆形的小窝，如本地人所说的接吻之巢窝，无一处不见得是神所着意成就的工作。一微笑，一眼，一转侧，都有一种神性存乎其间。神同魔鬼合作创造了这样一个女人，也得用侍候神同对付魔鬼的两种方法来侍候她，才不委屈这个生物。

女人正安安静静地躺在他的身边，一堆白色衣裙遮盖到那个修长丰满柔软溢香的身体，这身体在年轻人记忆中，只仿佛是用白玉、奶酥、果子同香花，调和削筑成就的东西。两人白日里来此，女孩子在日光下唱歌，在黄昏里与落日一同休息，现在又快要同新月一样苏醒了。

一派清光洒在两人身上，温柔地抚摩着睡眠者全身。山坡下是一部草虫清音繁复的合奏。天上那半规新月，似乎在空中停顿着，长久还不移动。

幸福使这个孩子轻轻地叹息了。

他把头低下去，轻轻地吻了一下那用黑夜搓成的头发，接近那魔鬼手段所成就的东西。

远处有吹芦管的声音，有唱歌声音。身近旁有斑背萤，带了小小火把，沿了碉堡巡行，如同引导得有小仙人来参观这古堡的神气。

当地年轻人中唱歌圣手的傩佑，唯恐惊了女人，惊了萤火，轻轻地轻轻地唱：

龙应当藏在云里，
你应当藏在心里。
……

女孩子在迷糊梦里，把头略略转动了一下，在梦里回答着：

我灵魂如一面旗帜，
你好听歌声如温柔的风。

他以为女孩子已醒了，但听下去，女人把头偏向月光又睡去了。于是又接着轻轻地唱道：

人人说我歌声有毒，
一首歌也不过如一升酒使人沉醉一天，

你那敷了蜂蜜的言语，
一个字也可以在我心上甜香一年。

女孩子仍然闭了眼睛在梦中答着：

不要冬天的风，不要海上的风，
这旗帜受不住狂暴大风。
请轻轻地吹，轻轻地吹，
（吹春天的风，温柔的风）
把花吹开，不要把花吹落。

小寨主明白了自己的歌声可作为女孩子灵魂安宁的摇篮，故又接着轻轻地唱道：

有翅膀的鸟虽然可以飞上天空，
没有翅膀的我却可以飞入你的心里。
我不必问什么地方是天堂，
我业已坐在天堂门边。

女孩又唱：

身体要用极强健的臂膀搂抱，
灵魂要用极温柔的歌声搂抱。

寨主的独生子傩佑，想了一想，在脑中搜索话语，如同宝石商人在口袋中搜索宝石。口袋中充满了放光炫目的珠玉奇宝，却因为数量太多了一点儿，反而选不出那自以为极好的一粒，因此似乎受了一点儿窘。他觉得神祇创造美和爱，却由人来创造赞誉这神工的青语。向美说一句话，为爱下一个注解，要适当合宜，不走失感觉所及的式样，不是一个平常人的能力所能企及。

“这女孩子值得用龙朱的爱情装饰她的身体，用龙朱的诗歌装饰她的人格。”他想到这里时，觉得有点儿惭愧了，口吃了，不敢再唱下去了。

歌声做了女孩子睡眠的摇篮，所以这女孩子才在半醒后重复入梦。歌声停止后，她也就惊醒了。

他见到女孩子醒来时，就装作自己还在睡眠，闭了眼睛。女孩从日头落下时睡到现在，精神已完全恢复过来，看男子还倚靠石墙睡着，担心石头太冷，把白披肩搭到男子身上去后，傍了男子靠着。记起睡时满天的红霞，望到头上的新月，便轻轻地唱着，如母亲唱给小宝宝听的催眠歌。

睡时用明霞做被，
醒来用月儿点灯。

寨主独生子哧的笑了。

……

四只放光的眼睛互相瞅定，各安置一个微笑在嘴角上，微笑里却写着白日中两个人的一切行为。两人似乎皆略略为先前一时那点儿回忆所羞了，就各自向身旁那一个紧紧地挤了一下，重新交换了一个微笑，两人发现了对方脸上的月光那么苍白，于是齐向天上所悬的半规新月望去。

远远的有一派角声与锣鼓声，为田户巫师禳土酬神所在处，两人追寻这快乐声音的方向，于是向山下远处望去。远处有一条河。

“没有船舶不能过那条河，没有爱情如何过这一生？”

“我不会在那条小河里沉溺，我只会在你这小口上沉溺。”

两人意思仍然写在一种微笑里，用的是那么暧昧神秘的符号，却使对面一个从这微笑里明明白白，毫不含糊。远处那条长河，在月光下婉蜒如一条带子，白白的水光，薄薄的雾，增加了两人心上的温暖。

女孩子说到她梦里所听的歌声，以及自己所唱的歌，还以为他们两人皆在梦里。经小寨主把刚才的情形说明白时，两人笑了许久。

女孩子天真如春风，快乐如小猫，长长的睡眠把白日的疲倦完全恢复过来，因此在月光下，显得如一尾鱼在急流清溪里。

只想说话，全是说那些远无边际的，与梦无异的，年轻情人在狂热中所能说的糊涂话蠢话皆完全说到了。

小寨主说：“不要说话，让我好在所有的言语里，找寻赞美你眉毛头发美丽处的言语！”

“说话呢，是不是就妨碍了你的谄谀？一个有天分的人，就是谄谀也显得不缺少天分！”

“神是不说话的。你不说话时像……”

“还是做人好！你的歌中也提到做人的好处！我们来活活泼泼地做人，这才有意思！”

“我以为你不说话就像何仙姑的亲姐妹了。我希望你比你那两个姐姐还稍呆笨一点儿。因为得呆笨一点儿，我的言语字汇里，才有可以形容你高贵处的文字。”

“可是，你曾同我说过，你也希望你那只猎狗敏捷一点儿。”

“我希望它灵活敏捷一点儿，为的是在山上找寻你比较方便，为我带信给你时也比较妥当一点儿。”

“希望我笨一点儿，是不是也如同你希望羚羊稍笨一样，好让你喊使那只猎狗咬我时，不至于使我逃脱？”

“好的音乐常常是复音，你不妨再说一句。”

“我记得到你也希望羚羊稍笨过。”

“羚羊稍笨一点儿，我的猎狗才可以赶上它，把它捉回来送你。你稍笨一点儿，我才有相当的话颂扬你！”

“你口中体面话够多了，你说说你那些感觉给我听听，说谎若比真实更美丽，我愿意听你那些美丽的谎话。”

“你占领我心上的空间，如同黑夜占领地面一样。”

“月亮起来时，黑暗不是就只占领地面空间很小很小一部分了吗？”

“月亮照不到人心上的。”

“那我给你的应当也是黑暗了。”

“你给我的是光明，但是一种炫目的光明，如日头似的逼人熠耀。你使我糊涂。你使我卑陋。”

“其实你是透明的，从你选择谄谀时，证明你的心现在还是透明的。”

“清水里不能养鱼，透明的心也一定不能积存辞藻。”

“江中的水永远流不完，心中的话永远说不完，不要说了。一张口不完全是说话用的！”

两人为嘴唇找寻了另外一种用处，沉默了一会儿两颗心同一地跳跃，望着做梦一般月下的长岭、大河、寨堡、田坪。芦管声音似乎为月光所湿，音调更低郁沉重了一点儿。寨中的角楼，第二次擂了转更鼓，女孩子听到时，忽然记起了一件事。把小寨主那颗年轻聪慧的头颅捧到手上，眼眉口鼻吻了好些次数，向小寨主摇摇头，无可奈何低低地叹了一声气，把两只手举起，跪在小寨主面前来梳理头上散乱了的发辫，意思想站起来，预备要走了。

小寨主明白那意思了，就抱了女孩子，不许她站起身来。

“多少萤火虫还知道打了小小火炬游玩，你忙些什么？走到什么地方去？！”

“一颗流星自有它来去的方向，我有我的去处。”

“宝贝应当收藏在宝库里，你应当收藏在爱你的那个人家里。”

“美的都用不着家。流星，落花，萤火，最会鸣叫的蓝头红嘴绿翅膀的王母鸟，也都没有家的。谁见过人畜养凤凰呢？谁能束缚着月光呢？”

“狮子应当有它的配偶，把你安顿到我家中去，神也十分同意！”

“神同意的人常常不同意。”

“我爸爸会答应我这件事，因为他爱我。”

“因为我爸爸也爱我，若知道了这件事，会把我照××族规矩来处置。若我被绳子缚了沉到地眼里去时，那地方接连四十八根箩筐绳子还不能到底，死了做鬼也找不出路来看你，活着做梦也不能辨别方向。”

女孩子是不会说谎的，××族人的习气，女人同第一个男子恋爱，却只许同第二个男子结婚。若违反了这种规矩，常常把女子用石磨捆到背上，或者沉入潭里，或者抛到地窟窿里。习俗的来源极古，过去一个时节，应当同别的种族一样，有认处女为一种有邪气的东西，地方酋长既较开明，巫师又因为多在节欲生活中生活，故执行初夜权的义务，就转为第一个男子的恋爱。第一个男子因此可以得到女人的贞洁，就不能够永远得到她的爱情。若第一个男子娶了这女人，似乎对于男子也十分不幸。迷信在历史中渐次失去了本来的意义，习俗保持了古代规矩下来，由于××守法的天性，故年轻男女在第一个恋人身上，也从不做那长远的梦。“好花不能长在，明月不能长圆，星子也不能永远放光”，××人歌唱恋爱，因此也多忧郁感伤气氛。常常有人在分手时感到“芝兰不易再开，欢乐不易再来”，两人悄悄逃走的。也有两人携了手沉默无语地一同跳到那些在地面张着大嘴，死去了万年的火山孔穴里去的。再不然，冒险地结了婚，到后被查出来时，就应当把女的向地狱里抛去那个办法了。

当地女孩子因为这方面的习俗无法除去，故一到成年家庭即不大加以拘束，外乡人来到本地若喜悦了什么女子，使女子献身总十分容易。女孩子明理懂事一点儿的，一到了成年时，总把自己最初的贞操，稍加选择就付给了一个人，到后来再同第二个钟情的男子结婚。男子中明理懂事的，业已爱上某个女子，若知道她还是处女，也将尽这女子先去找寻一个尽义务的爱人，再来同女子结婚。

但这些魔鬼习俗不是神所同意的。年轻男女所做的事，常常与自然的神意合一，容易违反风俗习惯。女孩子总愿意把自己整个交付给一个所倾心的男孩子，男子到爱了某个女孩时，也总愿意把整个的自己换回整个的女子。风俗习惯下虽附加了一种严酷的法律，在这法律下牺牲的仍常常有人。

女孩子遇到了这乡长独生子，自从春天山坡上黄色棣棠花开放时，即被这男子温柔缠绵的歌声与超人壮丽华美的四肢所征服，一直延长到秋天，还极其纯洁地在一种节制的友谊中恋爱着。为了狂热的爱，且在这种有节制的爱情中，两人皆似乎不需要结婚，两人中谁也不想到照习惯先把贞操给一个人蹂躏后再来结婚。

但到了秋天，一切皆在成熟，悬在树上的果子落了地，谷米上了仓，秋鸡孵了卵，大自然为点缀了这大地一年来的忙碌，还在天空中涂抹华丽的色泽，使溪涧澄清，空气温暖而香甜，且装饰了遍地的黄花，以及在草木枝叶间敷上与云霞同样的炫目颜色。一切皆布置妥当以后，便应轮到人的事情了。

秋成熟了一切，也成熟了两个年轻人的爱情。

两人同往常任何一天相似，在约定的中午以后，在这古碉堡上见面了。两人共同采了无数野花铺到所坐的大青石板上，并肩地坐在那里，山坡上开遍了各样草花，各处是小小蝴蝶，似乎对每一朵花皆悄悄嘱咐了一句话。向山坡下望去，入目远近皆异常恬静美丽。长岭上有割草人的歌声，村寨中有为新生小犊做栅栏的斧斤声，平田中有拾穗打禾人快乐的吵骂声。天空中白云缓缓地移，从从容容地动，透蓝的天底，一阵候鸟在高空排成一线飞过去了，接着又是一阵。

两个年轻人用山果山泉充了口腹的饥渴，用言语微笑喂着灵魂的饥渴。对日光所及的一切唱了上千首的歌，说了上万句的话。

日头向西掷去，两人对于生命感觉到一点点说不分明的缺处。黄昏将近以前，山坡下小牛的叫声，使两人的心皆发了抖。

神的意思不能同习惯相合，在这时节已不许可人再为任何魔鬼做成的习俗加以行为的限制。理知即或是聪明的，理知也毫无用处。两人皆在忘我行为中，失去了一切节制约束行为的能力，各在新的形式下，得到了对方的力，得到了对方的爱，得到了把另一个灵魂互相交换移入自己心中深处的满足。到后来，于是两个人皆在战栗中昏迷了，喑哑了，沉默了，幸福把两个年轻人在同一行为上皆弄得十分疲倦，终于两人皆睡去了。

男子醒来稍早一点儿，在回忆幸福里浮沉，却忘了打算未来。女孩子则因为自身是女子，本能地不会忘却当地人对于女子违反这习俗的赏罚，故醒来时，也并未打算到这寨主的独生子会要她同回家去，两人的年龄还皆只适宜于生活在夏娃亚当所住的乐园里，不应当到这“必须思索明天”的世界中安顿。

但两人业已到了向所生长的一个地方一个种族的习俗负责时节了。

“爱难道是同世界离开的事吗？”新的思索使小寨主在月下沉默如石头。

女孩子见男子不说话了，知道这件事正在苦恼到他，就装成快乐的声音，轻轻地喊他，恳切地求他，在应当快乐时放快乐一点儿。

××人唱歌的圣手，
请你用歌声把天上那一片白云拨开。
月亮到应落时就让它落去，
现在还得悬在我们头上。

天上的确有一片薄云把月亮拦住了，一切皆朦胧了。两人的心皆比先前暗淡了一些。寨主独生子说：

我不要日头，可不能没有你。

我不愿做帝称王，却愿为你做奴当差。

女孩子说：“这世界只许结婚不许恋爱。”

“应当还有一个世界让我们去生存，我们远远地走，向日头处远远地走。”

“你不要牛，不要马，不要果园，不要田土，不要狐皮褂子同虎皮坐褥吗？”

“有了你我什么也不要了。你是一切：是光，是热，是泉水，是果子，是宇宙的万有。为了同你接近，我应当同这个世界离开。”

两人就所知道的四方各处想了许久，想不出一个可以容纳两人的地方。南方有汉人的大国，汉人见了他们就当生番杀戮，他不敢向南方走。向西是通过长岭无尽的荒山，虎豹所据的地面，他不敢向西方走。向北是本族人的地面，每一个村落皆保持同一魔鬼所颁的法律，对逃亡人可以随意处置。只有东边是日月所出的地方，日头既那么公正无私，照理说来日头所在处也一定和平正直了。

但一个故事在小寨主的记忆中活起来了，日头曾炙死了第一个××人，自从有这故事以后，××人谁也不敢向东追求习惯以外的生活。××人有一首历史极久的歌，那首歌把求生的人所不可少的欲望、真的生命意义却结束在死亡里，都以为若贪婪着“生”只有“死”才能得到。战胜命运只有死亡，克服一切唯死亡可以办到。最公平的世界不在地面，却在空中与地底：天堂地位有限，地下宽阔无边。地下宽阔公平的理由，在××人看来是可靠的，就因为从不听说死人愿意重生，且从不闻死人充满了地下。××人永生的观念，在每一个人心中皆坚实地存在。孤单地死，或因为恐怖不容易找寻他的爱人，有所疑惑，同时去死皆是很平常的事情。

寨主的独生子想到另外一个世界，快乐地微笑了。

他问女孩子，是不是愿意向那个只能走去不再回来的地方旅行。

女孩子想了一下，把头仰望那个新从云里出现的月亮。

水是各处可流的，
火是各处可烧的，
月亮是各处可照的，
爱情是各处可到的。

说了，就躺到小寨主的怀里，闭了眼睛，等候男子决定了死的接吻。寨主的独生子，把身上所佩的小刀取出，在镶了宝石的空心刀靶上，从那小穴里取出如梧桐子大小的毒药，含放到口里去，让药融化了，就度送了一半到女孩子嘴里去。两人快乐地咽下了那点儿同命的药，微笑着，睡在业已枯萎了的野花铺就的石床上，等候药力发作。

月儿隐在云里去了。

一九三二年九月二十二日在青岛写成

○ ○ ○ 寻觅

在这故事前面那个故事，是一个成衣匠说的，他让人知道在他那种环境里，贫穷与死亡如何折磨到他的生活。他为了寻找他那被人拐逃的年轻妻子，如何旅行各处，又因什么信仰，还能那么硬朗结实地生活下去。他说："我们若要活到这个世界上，且想让我们的儿子们也活到这个世界上，为了否认一些由于历史安排下来错误了的事情，应该在一份责任和一个理想上去死，当然毫不踌躇毫不怕！"成衣人把他一生悲惨的经验，结束到上面几句话里后，想起他那个饿死的儿子，就再也不说什么了。

他说过这故事以后，在场众人皆觉得悒郁不欢。这不幸故事，使每个人都回想到自己生活中那一份，于是火堆旁边，忽然便沉默无声了。成衣人看清楚了这种情形，十分抱歉似的，把那双为工作与疾病所磨坏的小小眼睛，向这边那边做了一度小心的溜望，拉拉他那件旧袄子，怯生生地说道："大爷，总爷，掌柜的，你们帮我个忙，替我说一个快乐好听的故事吧。不要为了我这个故事，把各人心窝子里那点儿兴头弄掉。不要因为我这种不幸的旅行，便把一切旅行看成一种灾难。来（他指定了一个人说），大爷，你年纪大，阅历多，不管怎么样，你说个故事。你说说你快乐的旅行也成。帮我一个忙，帮我一个忙。"

这被指定的人是一个穿着肮脏、装束异样的瘦个子，脸上野草似的长着胡子，先前并不为任何人所注意，半夜来他只是闭了眼睛低下头在那里烤火，这时恰好刚把眼睛睁开，把头抬起，就被那成衣人指定了。他见成衣人用手向他戳点了两下，似乎自己生平根柢已被成衣人所看出，故微受惊吓模样，身体缩了一下。他好像有点儿吃惊，又好像在分辩，“怎么，你要我说我的旅行原因吗？你是这种意思吗？”他并不作声，神气之间却俨然在那么询问。

那成衣人口气甜甜地说：“大爷，说一个，说一个。”

他微笑了一下，一时还似乎无勇气站起来，刚好把身体举起又复即刻坐下了。成衣人当真好像看准了他，知道在场众人只有他说出的经验，能使大家忘掉了旅行的辛苦，就催促他，请求他，且安慰他。成衣人说：“大爷，你说一个，随便说一个。这里全是好人、忠厚人，全眼巴巴地等着你，你会说，你不用怕，不用羞。”

这胡子倒并不怕谁，不为自己样子害羞，要他说，他也明白这时应该轮到他来说了。他把一只干瘪瘪的手伸出去，做出一个表示，安置了成衣人，就大大方方，说了下面的故事。

某处地方有个家资百万的富翁，家中有十个坚固结实的仓库，仓库中分别收藏聚集了无数金银宝贝、衣料食物，并各种各样东西。家中有一百男奴、一百女奴。地窖中有一地窖的美酒。马厩中有打猎的马五十匹，驾车的马五十匹。花园中栽种了无数名花甘果，花树上有各种禽鸟，叫出种种声音。兽栏里畜养了各样野兽。鱼池里喂有古怪的金鱼、银鱼、五色异鱼。两夫妇将近四十岁时，方生养一个儿子，这个儿子的教育，自然周到万分。当那独生子年纪到十八岁时，父母因为他生长得过于美丽，以为必得一个标致无比的女人作为他的妻子，方不辜负这孩子一生。

因此就聘请了国内精巧匠人，用黄金仿照本族古代典型美人的脸目身材，铸造了金像一躯，派人抬往国内各处地方去，金像下刻了一段文字，最重要的几句话是：

若有女人美丽如金像，自信上帝创造她时手续并不马虎的，就可以做××地方百万富翁独生子的妻子，享受那份遗产，以及由于两人青春富足可以得到的一切幸福。

恰好那时节另外某个地方，某个公爵的独生女儿，父母也因为女儿生长得过分美丽，成年时不肯随便嫁人，以为必得一个世界上顶美的男子，方配得到这个女儿的爱情。因此也聘请了聪明匠人，用白银仿照本族古代典型男性，铸一理想男子的大像，同时通告各处，以为这世界上若有男子完美若此，自信上帝创造他时并不草率，就可跑来××地方，向有爵位的某某独生女儿求婚。

双方得到了这个消息以后，且互相皆看到了那个标准造像，以为这份因缘非常合式凑巧，因此各聘请了有身份的媒妁，交换了几次意见，就议妥了两个年轻人的婚姻。

为时不久，这年轻男子娶了那美貌女人，同时还承袭了一个受人尊敬的爵位。从此一来，他便仿佛是人类中最幸福的人了。

但刚满半年以后，这幸福就有了缺口。原因是这样的：有一天本地起了大风，大风中吹来一条白色毯子，悬挂在庭院里大树上。把毯子取下看看，精致美妙，完全不像人工做成。派人拿向各处询问，无人能够说出它的名字，也无人明白它的出处。过不久，天上又起了大风，风中又吹来九色金蕊大花一朵。那花大如车轮，重只三两，香气中人，如喝蜜酒。旋又派人拿这花到各处询问，仍然毫无结果。又过一阵，第三次大风起时，却吹来一本古书。那书说到另外一个国家的一切情形，关于那条毯子，也可知道就是朱笛国人宫内所用的毯子，那朵大花，就是朱笛国王后宫花园萎落的花。

那本书还说朱笛国有五色奇花，大的如车轮大，小的如稗子小，大花轻如毛羽，小花重如水银，花朵皆长年开放，风吹香气，馥郁一国。那地方有马，日行千里。那地方有栗枣，皆大如人头、甘如蜜蔗。那地方有藕，色如白玉，巨如屋梁。那地方有草，各处丛生，摘断时流汁如奶，味道如蜜。那地方有各种雀鸟，声音柔美溜亮，胜过世上最好的歌喉。那地方富足异常，使用人力，毫无问题，故国王宫殿，全为本国人民乐意代为建筑，却仿天宫式样做成。那地方由于自然生产丰富，人民皆自重乐生，故无盗贼，也无牢狱。

朱笛国所有情形，既可从这本书知其大略，国土方向距离，又从那本古怪书籍后面一幅古代地图上依稀可以估计得出。故这三样东西，引起了年轻人无数幻想。那年轻人自从明白地面上还有一个这样国家后，一切日常生活便不大能引起他的兴味，日子再也过得不是幸福日子了。他总觉得还缺少些东西，他为这件事把性格也改变了不少。

为了要求满足自己的欲望，过不久，这年轻人就独自悄悄地离开了家，携带了那三件东西，向那个古怪地方走去了。

他经过了无数苦难，跋涉了整整三年，方跑到一个城市。这城市照地图方向上看来，应当就是古朱笛国。他进到那个大城，傍近那个国王宫殿时，看看宫殿大门，全是刻花金属镶嵌而成，宫殿围墙，全是磨光白玉做成。他就请求守门官吏，入通消息，请他代为陈明，自己来到这里的各种因缘。

因为国王旅行，多年不回，一切国事，皆由公主处置。门官禀告以后，为时不久年轻人就用远国来宾身份，被一个御前侍从，领导进宫，谒见公主。

进宫中时，侍从在前带路，年轻人在后面跟随，不久到一大门。刚近大门，就有两个异常活泼白脸长眉的女孩子，把门代为推开。两人从一白色厅堂过身，一切全用白银做成。过道一旁，见到一个女人，脸儿身材，俏俊少见，坐在白银榻上，纺取白银丝缕。年轻体面丫环十人，皆身穿白色丝质柔软长袍，在旁侍立。

年轻人以为这是那公主了，就问侍从："这是第几公主？"

那领路侍从说："这是守门宫婢，不是公主。"

又走一阵，到第二道大门，仍然有人代为开门。进门以后，从一黄色厅堂过身，一切全用黄金做成。过道旁边，又见一个女人，神韵飞扬，较前尤美，坐在黄金榻上，拈取黄金微尘。左右丫环，计二十人，身穿黄色丝质柔软长袍，在旁侍立。

年轻人以为先前不是公主，现在定是公主了，就问侍从："这是不是公主？"

领导侍从又说："这是守门宫婢，不是公主。"

又走一阵，到第三座大门，开门如前。进一紫色厅堂，一切全用紫玉砌成，过道旁边，一个身穿紫霞鲛绡衣服的女人，艳丽如仙，雅素如神，坐在紫琉璃榻上，割切紫玉薄片。左右丫环，计三十人，服装皆紫，质类难名，在旁侍立，静寂无声。

年轻人刚欲开口，侍从就说："我们赶快一点儿，公主在宫里等候业已很久。"

两人再继续走去，到一大厅，宽广可容三千舞伴对舞。只见地下各处皆是白獭海豹，静美可怜。各处且有冰块浮动，如北冰洋。那时正当大暑六月，厅中寒气尚极逼人。年轻人先前还以为那是水池，不能通过，那御前侍从就告他这不碍事，可以大步走过，同时心想坚其信实，就从腕上脱取一只黄金嵌宝手镯，尽力掷去。宝镯触地，铿然有声，年轻人方明白原来这是一个极大水池，上面盖有一片极大水晶，预备夏天做跳舞场所用。两人于是从上面走过，直到内殿。到内殿后，觐见公主，只见公主坐在殿中百二十重金银帏帐里，用翡翠大盘贮香水浣手。殿中四隅有各种小巧香花，从上缓缓落下，有一秀气逼人的女孩，身穿绿色长袍，站在公主身旁，吹白玉笙，奏东方雅乐中《鹿鸣之章》，欢迎远客。有一极小白猿，偎依公主脚下，轻啸相和。

宾主问讯一阵以后，年轻人听说朱笛国王离开本国，出外旅行，业已三年不归，就问公主，国王究竟为什么原因，抛下王位，向他处走去。

公主不及作声，那小小白猿就告给年轻人国王出国旅行的理由。

“你若满足身边一切，你不会来这里。国王一人悄悄离开本国土地人民，不知去处，原因所在，也不外此。”

年轻人如今亲眼见到这个国王豪华尊荣，正以为人类最好地方，莫过于此，谁知做国王的，还不满足，也居然离开王位，独自走去。他亟想从公主方面多知道些事情，故随即向公主问了一些话语。公主想起爸爸久无消息，不知去向，故虽身住宫中，处理国事，取精用宏，豪华盖世，但仍然毫无快乐可言。如今被远方来客一问，更觉悲哀，就潸然流泪不止，不能不安置来客到馆驿里，准备明天再见。

第二天年轻人重新被召入宫，却已见到国王。原来国王悄悄出外旅行三年，昨天又悄悄回到本国。公主见国王时，就禀告国王，有一远客，步行三年来到本国，故国王首先就召年轻人入宫谈话。

见国王时，国王明白年轻人旅行原因，与自己旅行原因，皆为同一动机，两人便觉十分契合。原来这国王旅行，也为一本古书而起。那书上记载一个名为白玉丹渊国的地方，人民如何生活，如何打发每个日子，万汇百物，莫不较之朱笛国中自然丰富。这朱笛国王，由于眼前一切，不能满足，对于远国文明，神往倾心，故毅然抛弃一切，根据书中所说方向，追寻而去。

年轻人问国王旅行真正意思时，国王不即回答，就拿出那本古书，让年轻人阅读。那本书第一页写了这样一行文字：

白玉丹渊国散记

以下就是那本书中所写的话语：

中国的西方是朱笛国，朱笛国的西方是白玉丹渊国。那里有一片土地，一个国家。那地方面积是正方形，宽广纵横各五千里。国境中有森林、河流、大山。各处皆有天然井泉，具有各种味道，味道甘美爽口，颜色则或透明如水晶，或色白如牛奶羊奶。那地方各处皆生小草，向右盘萦，细如头发，色如翡翠，清香如果子，柔软如毡毯。那地方平处用脚一踹时，就凹下三寸，把脚举起，地又无高无低，平复如掌。

那地方无荆棘，无沟坑，无杂草乱树，也无蚊虻蛇虫。那地方阴阳和柔，四时如春，百花常开，无冬无夏。

那地方人民身体相貌皆差不多，生活服用，也无分别。人人壮实活泼，如二十来岁。人人口齿皆洁白整齐，不害牙痛。头发极黑，光滑柔美，不长不短，不生垢腻。那地方有树名曲躬树，叶叶重叠，层次无数，天落雨时，从不漏湿，所有人民，皆在下面过夜。那地方又有香树，高大奇异，开花极香，花落结果，果实成熟时，就自行坠地，皮破裂开，里面皆种种用具，大小适用，以及各样颜色衣服，莫不美丽悦目。又有较小香树，高低略同平常橱柜相似，长年开花结果，果大如碗。其中有各式点心，各种美酒，也间或有古董玩器，十分精美雅致。那地人民一切需要皆可取给于地面树上，不开矿，不设工厂。那地方生产粮食，不必撒种，自生自熟，且无糠秕，色如玉花，味极厚重，又有清香。这种自然粮食既可取用不竭，又有自然锅釜，同发火宝珠。宝珠名为“焰光宝珠”，把自然粮食放入锅中，焰光宝珠安置锅下，饭煮熟时，珠也无光息热。凡想吃饭，见人坐席，就可加入恣意取用。主人不起，饭便不完，主人略起，饭就完事。吃完饭时，只须略挖地面，便可把一切餐具埋于地下，下次用时，再换新的。煮饭既不假樵火、不劳人工，吃后又不必洗盘碗，故方便洒脱，无可与比。

那地方共有四百个湖泊，皆如天然浴池，各个纵广或十里，或五里，或一里。池底坦平，其下平铺金砂和各种细碎宝石。四面有七重金属栏杆围绕，栏杆上各嵌七色宝石，入夜各放异光，不必再用灯烛。池水从地底渗出，从暗道流去，颜色透明，永不浑浊，温暖适如人意。即或久浸水中，也如在空气中。浮力又大，极深处全不溺人。那地方人民皆傍湖边住下，白日里无事可做时节，多在湖中划船。船皆沙棠香木做成，用轻金装饰一切，色线皆雅致不俗。各人乘船中流娱乐，唱歌奏乐，聚散各随己意。想入水游泳时，脱衣各放岸边。浴毕上岸，随意取衣，先出先着，后出后着，不必选认原来衣服，若想换一新衣，只须向近身处树边走去，摘一果实，把壳挤碎，就可按照自己意思，得一新衣。

那地方人民一切既由上帝代为铺排，不必费事，皆可自由娱乐，打发日子，每日浴后便常常从果树中选取管弦乐器，到鸟雀较多处去，与枝头雀鸟，合奏乐曲。若想换一地方时，雀鸟皆如人意，各自先行飞去等候。

那地方大小便时，脚下土地就自行裂开，成一小坑，完事以后，地又合拢。

那地方每到中夜，天空就有清净白云，带来甘雨，匀匀落下。落雨时如洒奶汁，草木皆知其甜。全国各处一得到这种雨水以后，空气便如用一奇异东西滤过一次，异常干净，地面则柔软润泽，毫无灰尘。落雨过后，天空净明浅蓝，大小星辰，错落有致，洁风把温柔澹和香气从各方送来，微吹人身，使人举体舒畅，无可仿佛，在睡梦中，皆含微笑。

那地方人民也有欲心，唯各有周期，不流于滥，欲心起时，男子爱一女人，只需熟视所爱女人，过一阵后，就离开女人，向曲躬树下跑去，若女人同时也正爱慕这个男子，必跟随身后走去。两人到树下后，若为血缘亲属，不应发生情欲，树不曲荫，便各自微笑散去。若非亲属，树在这时便低枝回护，枝叶曲荫，顷刻之间，就可成一天然帐幕，两人就在这帐幕里，经营短期共同生活，随意娱乐，毫无拘束，一天两天，或到七天，兴尽为止，然后各自分手。妇人怀妊，七天以后就可分娩，生产时节，既不痛苦，也不麻烦。不问所生是男是女，皆可抱去安顿到四衢大道之旁，不再过问。小孩因为饥饿啼哭时，路人经过身旁，就伸出指头，尽小孩含吮，指尖就有极甜奶汁，使小孩饱足发育。过七天后，小孩长成，大小已与平常人无异，便各处走动，随意打发日子去了。

那地方无法律，无私产，无怨憎。

那地方也有死亡，遇死亡时，身旁之人，皆以为这人自然数尽，从不悲戚。既无亲属，也无教法，便从无倾家荡产埋葬死人习气。人死以前，这人便能明白，故自己就在水中洗涤全身，极其清洁，走到无人处躺下。气绝以后，即刻就有一只白色大鸟，飞来帮忙，把这死人收拾完事，不留踪影。

……

朱笛国王就只为了这本书上所载一切情形，轻视了他的王位，抛下了他的亲属与臣民，离开了他的本国，旅行了三年，方才归来。

那年轻人既明白了国王旅行的事情以后，就同国王说：“何所为而去，我已明白；何所得而来，还请见告。”

那国王就为年轻人说出他旅行前后的经验：

当我既然知道了地面上还有这样一个方便国家后，我就决心独自跑去，预备找寻这个古怪国土。我同你一样，整整走了三年，过了无数的大河，爬过无数的高山，经过无数危险，有一天我终于就走到那个地方了。

到那地方时，看看一切皆恰与那本书上所记载的相合。地面生长的奇树，浴池的华美，以及一切一切，无事无物不可以同书上相印证。可是只有一件事情完全不同，就是那地方无一个人不十分衰老，萎靡不振。到后一问，方知道原来这地方三年前大家还能极其幸福好好地过日子，当时却有一个人民，在睡梦中看到一本怪书。书中载了无数图画，最末一页方有这样一个极小的字："死"。他自己也不知道为什么就认识这个字，且为什么懂到了这个字的意义。这人醒来很觉得惆怅，就做了一首赞美长生快乐的歌曲，各地唱去。从此一来，无人不感觉到死亡的可怕。由于死亡的意识占据到每个人心上，就无人再能够满足目前的生活。各人只想明白什么地方有不死的国土，什么方法可以不死，又无法去同安排这个世界的上帝接头，故三年来全国人民皆在忧愁中过去，一切生活皆不如意，各人脸上颜色也就衰老憔悴多了。

朱笛国王到白玉丹渊国时，恰正是那个国土有人想到别一处去，找寻大德先知，向他询问"上帝所思所在"的时节，众人眼见朱笛国王颜色那么快乐，众人自视却那么苦恼，以为最快乐的人，当然也就是了解神的意见最多的人，故在朱笛国王来到本国，告给他众人衰老忧愁原因以后，就询问国王："什么方法可以使人快乐？什么方法可以使人不死？"

国王按照他那自己一份旅行的经验，以及在本国国王位上，使用物力时那点儿无上魄力而成的观念，就回答说："照我想来，对于你目前生活觉得满足，莫去想象你们得不到的东西，你们就快乐了。至于什么方法使人不死，我现在可回答不出。不过我们身体既然由于人类生养出来，当然也可由于人类思索弄得明白。"

几句话使白玉丹渊国一部分人民得到了知足的快乐，一部分人民得到了研究的勇气。那朱笛国王却为了自己的快乐，与另外自己还不明白的秘密，因此回返本国了。

国王把他自己那份经验说毕以后，想起一个得上帝帮助力量较少的人，既然还能够多知道些活在地面上快乐的哲学，一个年轻人有时也许比年老人知道得更多，就向年轻人说："知足安分是一个使我们活到这世界上取得快乐的方法，我已经认识明白，为了快乐，我就回到本国来了。你现在明白了这个，你不久也应当回你中国了。我且问你，我们若不知足安分，是不是还有什么方法得到快乐？我们若非死不可，是不是还有什么方法能使我们全不怕死？你告给我，你告给我。"

那年轻人想了半天，方开口说："不知足安分，也仍然可以得到快乐。就譬如我们旅行，我们为了要寻觅真理，追求我们的理想，搜索我们的过去幸福，不管这旅行用的是两只脚或一颗心，在路途中即或我们得不到什么快乐，但至少就可忘掉了我们所有的痛苦。至于生死的事，照我想来，既然向这世界极其幸福的人追寻不出究竟，或许向地面上那极不幸福的人找寻得出结果。"

这年轻人回答了国王询问以后，就离开了那朱笛国。他回到了中国，却并不返家。由于他想明白，为什么我们常常怕死，有什么方法又可以使我们就不怕死。且以为年轻人有时皆比年老人知道得多，极不幸福的人也许反明白什么是幸福。同时记起为了"有所寻觅而去旅行"的哲学，于是在全中国各处走去，一直漂泊了二十五年。

他的旅行并不完全失败，他在各样地方各种人堆里过了二十五年，因此有一天晚上，他当真得到了他所需要的东西。得到了这东西后，他预备回家去看他那美貌公爵妻子去了。

……

那胡子把故事一气说完，到这时节，稍稍停顿了一下，向成衣人做了一个友谊的微笑。众人中有人就问他："这年轻人究竟得到了些什么？你又同年轻人有什么关系？如何知道他的事那么详细清楚？"

那胡子望望说话的一个，微笑着，在笑容里好像说了一句话："你要明白吗？你还不明白吗？"

另外也有人提出质问，那胡子于是便告给众人："那年轻人旅行了二十五年，只是有一夜到一个深山中的旅店里，听到一个成衣匠说了一个故事，结尾时说了几句话。他寻觅了二十五年，也就正是想听听这样一种人说的这样话语。成衣匠说得不差。"胡子说到这里时，便向火堆前那个成衣匠低低地询问："你不是……这样说过的吗？你说过的。"他走过去把成衣匠拉起，让大家明白他所说的成衣匠，就正是目前这个成衣匠。"我要说的那年轻人所遇到的成衣匠就是他。他是一个男子，一个硬朗结实的男子。那年轻人是谁，你们还要知道么？你们试去众人中找寻一下，不要只记着他三十年前的美丽风仪，他旅行了将近三十年，他应当老了，应当像我那么老了！"

原来这胡子就正是正当年纪轻轻的时节，为了有所寻觅，离开了新婚美丽妻子同所有财富，在各处旅行了将近三十年的那个年轻人！

为张家小五辑自《长阿含经》《树提伽经》《起世经》
一九三三年四月作于青岛

○ ○ ○ 扇陀

一个贩骡马的商人，正当着许多人的面前，说到他如何为妇人所虐待，有一天吃了点儿酒，用赶骡马的鞭子，去追赶他那个性格恶劣的妇人，加以重重的殴打，从此以后这妇人就变得如何贞节良善时，全屋子里的客人，莫不抚掌称快。其中有几个曾经被他太太折磨虐待过多年的，就各在心上有所划算，看看到了北京以后，如何去买一根鞭子，将来回家，也好如法炮制。

贩骡马商人稍稍把故事停顿了一下，享受那故事应得的奖励，等候掌声平息后，就用下面的话语，结束了他的故事："……大爷，弟兄，应当好好记着，不要放下你的鞭子！不要害怕她们，女人不是值得男子害怕的东西。不要尊敬她们。把她们看下贱一点儿，不要过分纵容她们。"

这商人很明显的，是由于自己一次意外的发明，把女人的能力，以及有关女人的种种优美品德——就是在下等社会中的女人尤不缺少的纯良节俭与诚实品德，都仿佛不大注意，话语也稍稍说得过分了。

那时节，在屋角隅那堆火旁，有四个向火的巡行商人，其中之一忽然站起来说话了。这人脸上胡须极乱，身上披了件向外反穿的厚重羊皮短袄，全身肿胀如同一头狗熊。站起身时他约束了下腰边的带子，用那为风日所炙、冰雪所凝结、带一点儿嘶哑发沙的嗓子，喊着屋中的主人，他意思似乎有几句话要说说。不必惑疑，这人对于前面那个故事，有一种抗议，有一分异议，大家皆一望而知。

这人半夜来从不作声，只沉默地坐在火边烤火，间或用木柴去搅动身前的火堆，使火中木柴重新爆着小小声音，火焰向上卷去时，就望着火焰微笑。他同他的伙伴，似乎都只会听其他客人故事，自己却不会说故事的。现在听人家说到女人如何只适宜用鞭子去抽打，说到女人除了说谎流泪以外，一切事业由于低能与体力缺陷，皆不会做好。还另外说到无数亵渎这世界上女人的言语。说话的却是一个马贩子！因此这商人便那么想："如果一切都是事实，女人全那么无能力、无价值，你只要管教得法，她又如何甘心为你做奴做婢，那过去由于恐惧，对女人发生的信仰，以及在这信仰上所牺牲的种种，岂不完全成为无意思的行为了吗？"

他想得心中有点儿难过起来，正由于他相信女人是世界上一种非凡的东西，一切奇迹皆为女人所保持，凡属乘云驾雾的仙人、水底山洞的妖怪、树上藏身的隐士、朝廷办事的大官，遇到了女人时节，也总得失败在她们手上，向她们认输投降。就由于这点儿信仰，他如今到了三十八岁的年龄，还不敢同女人接近。这信仰的来源，则为他二十年前跟随了他的爸爸在西藏经商，听到了一个故事的结果。故事中的一个女人，使他当时感受极深的印象，一直到如今，这印象还不能够为时间揩去。他相信女人降服男子的能力，在天下生物中应居首一位，业已相信了二十年，现在并且要来为这信仰说话了。

大家先料不到他也会有什么故事，现在看他站起身时，柴堆在他身旁卷着红红的火焰，火光照耀到这人的全身，有一种狗熊竖立时节的神气。一个生长城市读了几本书籍自以为善于"幽默"的小子，就乘机取笑这其貌不扬的商人，对众人说："弟兄，弟兄，请放清静一点儿，听我说几句话。先前那位卖马的大老板，给我们说的故事，使我们十分开心。一切幸福皆应是孪生的姊妹，故我十分相信，从这位老板口中，也还可听出一个很好的故事。你们瞧（他说时充作耍狗熊的河南人神气，指点商人的脸庞同身上），这有趣的……不会说无趣的故事！”

他把商人拉过那大火堆边去，要那商人站到一段木头上面：“来，朋友，你说你的。我相信你有说的。你不是预备要说你那位太太，她如何值得尊敬畏惧吗？你不是要说由于她们的神秘能力，当你长年出外经商时节，她在家中还能每一年为你生育一个圆头胖脸的孩子吗？你不是要说一个女人在身体方面有些部分和一个男子完全不同，觉得奇怪也就觉得应当畏惧吗？许多人都是这样对他太太发生信仰的。只是仍然请你说说，放大方一点儿来说。我们这里夜很长，应当有你从从容容说话的时间。”

这善于诙谐的城市中人，所估计的走了形式，这一下可把商人看错了。一会儿他就会明白他的嘲笑，是应从商人方面退回来，证明自己简陋无识的。

那商人怯生生地被人拉过去，站在那段木头上，听人说到许多莫名其妙的话语，轮到他说话时就说：“不是，不是，我不说这个！我是个三十八岁了的男子，同阉鸡一样，还没有挨过一次女人。我觉得女人极可吓怕，并且应当使我们吓怕。我相信女子都有一种能力，不甚费事，就可以把男子变成一块泥土，或和泥土差不多的东西。不管你是什么样结实硬朗的家伙，到了她们的手中，就全不济事。我吓怕女人，所以我现在年龄将近四十岁，财产分上有了十四匹骆驼、三千银钱的货物，还不敢随便花点儿钱娶一个老婆。”

众人听说都很奇怪，以为这人过去既并不被女人欺骗和虐待，天生成那么怕女人，倒真是罕见的事情。就有人说："告给我们你怕女人的道理，不要隐瞒一个字。"

这商人望望四方，看得出众人的意思，他明白他可以从从容容来说这个故事了，他微笑着，在心里说："是的，一个字我也不会隐瞒的。"就不慌不忙，复述了下面那个在十七岁时听来的故事。

过去很久时节，很远一个地方，有那么一个国家，地面不大不小。由于人民饮食适当，婚姻如期举行，加之帝王当时选择得人，地方十分平安，人民全很幸福。这国家国内有几条很大的河流，纵横贯通境内各处，气候又十分调和，地面就丰富异常。全国出产极多，农产物中五谷同水果，在世界上附近各个小国内极其出名。那地方气候好到这种样子，人民需要晴时天就大晴，需要水时天就落雨。凡生长到这个小国中的人民，都知道天不遗弃他们，他们也就全不自弃，人人自尊自爱，奉公守法，勤俭耐劳，诚实大方。凡属于人类中诸多良善品德，倘若在另一族类、另一国家业已发现过了的，这些真理的产品，在这小国人民性格上也十分完全，毫不短少。这国家名为波罗蒂长，在北方古代史上原有它一个位置。

波罗蒂长国中，有一个大山，高一百里，宽五百里，峰峦竞秀，嘉树四合，药草繁多，绝无人迹。这大山早为国家法律订下一条规定，不能随便住人，只许百兽任意蕃息。山中仅有一位博学鸿儒，隐居山洞，读书修道，冥坐绝欲，离开人世，业已多年。某年秋天，一个清晨，这隐士起身时节，正在用盘盂处置他的小便，看见有两只白鹿，正在洞外芳草平地，追逐跳跃，游戏解闷，中间有母鹿一匹，生长得秀美雅洁，和气亲人，眼光温柔，生平未见。这隐士当时，心中不知不觉，为之一动。小便完事以后，照例盘中小便，都应舍给山中鹿类，当作饮料。这母鹿十分欣悦，低头就盘，舐完盘中所有以后，就向山中走去。

为时不久，这母鹿居然怀了身孕，一到月满，就生出小鹿一只。所生小鹿，眉目口鼻，一切皆完全如人，仅仅头上长出一对小小肉角，两脚异常纤秀。这母鹿当它将生产时，因想起隐士洞边向阳背风，故跑近隐士所住洞边，在草地中生产。落下地后，母鹿看看，原来是一小孩！既不能带这小孩跳山跃涧，还不如交给隐士照料，故把小孩衔放隐士洞边，自己就跑去了。

隐士那时正在读书，忽然听到洞外有小孩子哭声，心中十分稀奇。走出洞外一看，就见着这人鹿同生的孩子，身体极其细嫩，眼目紧闭，抱起细看，头脚尚有鹿形，眼目张开时节，流盼四顾，也如另一地方另一相熟眼目。隐士心中纳罕："小孩来处，必有一个原因！"从目光中隐士即刻明白小孩一定是母鹿所生，小孩爸爸，除了自己，也就没有别人了，故把小孩好好抱回洞里，细心调养。

隐士住在山中业已多年，读书有得，饮食皆极随便，不致害病。隐士既不吃人间烟火，因此小孩口渴，隐士就为收取草上露珠，当作饮料。小孩饥饿，隐士又为口嚼松子，当作饭食。小孩既教育有方，加之身上有母鹿血气，故从小就健康聪明，活泼美丽。到后年龄益长，隐士又十分耐烦，亲自教他一切学问，使他明白天地各种秘密，了然空中诸星、地面百物，如何与人类有关。又读习经典，用古圣先贤所想所说一切艰深事情，作为这小仙人精神粮食。隐士只差一事不说，就是女人，不说女人究竟如何，就因为对于女人，隐士也不十分明白。

这隐士到后道行完满，就离开本山，不知所往。那时节母鹿所生隐士所养的孩子，年纪业已二十一岁。因为教育得法，年纪虽小，就有各种智慧，百样神通，又生长得美壮聪明，无可仿佛，故诸天鬼神，莫不爱悦。隐士既已他去，这候补仙人，就依然住身山洞，修真养性，澹泊无为，不预人事。

一天，正在山中散步，半途忽遇大雨，这雨正为波罗蒂长国中所盼望的大雨。山中落了雨后，山水暴发，路上极滑，无意之中，使这候补仙人倾跌一跤，打破法宝一件，同时且把右脚扭伤。

这候补仙人心中不免嗔怒，以为自然阿谀人类，时候似乎还太早了点儿，只需请求，不费思索，就为他们落雨，自然尊严，不免失去。且这雨似乎有意同自己为难，就从头上脱下帽子，舀满一帽子清水，口中念出种种古怪咒语，咒罚波罗蒂长国境，此后不许落雨。这种咒语，乃从东方传来，十分灵验，不至十二年后，决不会半途失去效力。这候补仙人，既然法力无边，天上五龙诸神，皆尊敬畏怖，有所震慑，一经吩咐，不敢不从，故诅咒以后，波罗蒂长一国，从此当真就不降落点滴小雨。

天不落雨太久，河水井水，也渐渐干枯起来，五谷不生，百果萎悴，一连三年。三年不雨，国家渐起恐慌。国家渐贫，国库收入短少，不敷开支，人民男女老幼，无法可以生存。

波罗蒂长国王为人精明干练，负责爱民，用尽诸般方法求雨，皆无结果。他很明白，若长此以往，再不落雨，天旱过久，国家人民，皆得消灭。人民挨饿太久，心就糊涂焦躁，易于煽惑。若有一二在野人物，造谣生事，胡说八道，以为一切天灾及于本国，皆为政府办事不力，政体组织不妥，如欲落雨，必须革命。虽革命与落雨无关，由于人民挨饿过久，到后终不免发生革命。国家革命，就须流血，因此国王想不如及早退位让贤，省得发生内争。国王虽有让位之心，一时又觉无贤可让。眼见本国人民挨饿死去，无法救助，故忧愁烦恼，寝食皆废。

国王有一公主，按照国家法律，每天皆同平民女子往公共井边，用木制辘轳，长长绳绠，向深井中汲取地下泉水，灌溉田地，为国服务。公主白日在外，常与平民接近，常听平民因饥饿唱出各种怨而不怒的歌谣，一回宫中，又见国王异常沉闷，就为国王唱歌解闷。国王听歌，更觉难堪。公主就问国王："国王爸爸，如何可以救国？"且说若果救国还有办法，必得牺牲公主，自己心愿为国牺牲。

国王就说："一切办法，皆已想尽，国家前途，实深危险，人民虽皆明白天灾不可幸免，但怨嗟歌谣，业已次第而生，若不及早设法，终究不免革命。发生革命，不拘谁胜谁负，一切秩序，不免破坏无余，政府救济，更多棘手，故思前想后，皆觉退位让贤较好。细想种种，一时又无贤可让，所以心中十分为难。"

公主就把在外所听风谣，种种国民事情，加以分析，建议国王："国王爸爸，一切既很烦心，不易一人解决，不如召集大官名臣，国内各党各派博学多通人物，同处一堂，商量办法。首先讨论天灾来源，其次筹措善后救济，或有结果。若这事实在由于国王专政而起，国王退位，就可以使上天落雨，谷果百物，滋生遍地，国王爸爸，就应即刻辞职。若一切另有原因，另有办法，讨论结果，国王爸爸就负责执行。"

国王心想：公主言之有理！就按照国法，召集全国公民代表会议，聚集全国公民代表，讨论波罗蒂长一国，应付这次空前天灾种种方策。

开会时节，国王主席首先致辞，说明种种，希望代表随意发言，把这事情公开讨论。

当开会时，其中就有一个聪明公民，多闻博识，独明本国天旱理由，于是当众发言：“国王陛下，大臣阁下有意负责救国，明白一切应从根本入手，故有今天大会，查我波罗蒂长国家，本极富足，有吃有喝，无有忧患，今已三年不雨，国困民贫，设若长此以往，当然不堪设想。根据公民所知，这次天灾，并非国王在位，或大臣徇私所致。只为本国宪法所定，国中那个供给禽兽蕃殖的名山，有一年轻候补仙人，父亲身为隐士，母亲身是母鹿，神力无边，智慧空前。这候补仙人，平日研究学问，不管人事，安静自守，与世无逆。却当某某一天，因事上山，在半途中，天忽落雨，山路因雨路滑，故摔跌一跤，扭伤右脚。这候补仙人，右脚无端受伤，心怀嗔愤，追究原因，实为落雨所致，雨水下落，又实为本国人民盼望所致，因此诅咒天上，十二年中，不许落下点滴小雨。我波罗蒂长国家，三年不雨，原因在此。故欲盼望落雨，先应明白此事根本所在。”

国王听说本国雨不再落，只是这样一件事情，就说：“治国惟贤，经典昭明，本国既有此等圣人，力能支配天地，管束阴阳，用为国王，对我人民，必能造福，朕必即刻退位，以让贤能。”

多数公民，皆不说话。

有一首相，在国内负责多年，明白治国不易。想使国家秩序井然，有条不紊，正赖政体巩固、权力集中。治国所需，不尽只在高深学理法力，经验能力，兼有并存，加以负责，才可弄好，听说国王就想让位，不敢赞同，便说：“皇帝陛下让出王位，出于诚意，代表诸君，想当明白。国王意思极好，为国为民，诚为无可与比。不过一切打算，不合目前国家情形。任何国家施政，有不好处，国中人民，加以反对，诚可注意。若攻击批评，只是二三在野名流，虽想救国，不会做官，尚从未听说轻易让贤，把国家组织，陷入纷乱。何况仙人，平时清高澹泊，不问世事，沉静自得，有如木石，即有高尚理想，如何就可治国？并且事情既不过只是由于一摔而起，照本席主张，不如派员慰问，较为得体。本国对这年轻仙人，若想表示尊敬，使他快乐，同他合作，免得或为他人利用，妨碍国家统一，不如取法他国，把这候补仙人，当成国内元老，一切事情，对他十分客气，遇事不能解决，就即刻命驾请教，总以哄得仙人欢喜，不发牢骚，国家前途，方有办法。”

另外有一陆军大臣，头脑简单，性情直率，国内军权，全在一人手中，生平拥护国王，信仰首相，故继续发言：“皇帝陛下所说使人感动，首相阁下所说使人佩服。国王若想退位，好意不能为全国国民见谅。因为国民盼望国王帮忙，并且相信，这个时节，也只有国王可以帮忙。我国旱灾，既为仙人一摔而起，首相意见，本席首先赞同，若国家可以同这刁钻古怪合作，各种条件，皆应负责答应。若方法用尽，还不落雨，本席职责所在，向天赌咒，领率全国兵士，来与周旋，不怕一切，总得把这仙人神通打倒。”

陆军大臣所说，理直气壮，故全体公民代表，莫不动容，鼓掌称善。

其中有一公民，见事较多，知识开明，觉得打倒仙人，很不像话，就说：“救灾方法还多，武力打倒仙人，本席以为不必。国家多上一个仙人，如同国家多有一个诗人一样，实为我波罗蒂长国中光荣。公民盼望，只是皇帝陛下代表我们公民全体，想出办法，能与仙人合作。若说武力周旋，效法他国，文人学者，捉来即刻把头割下，办法虽轻而易举，所做事情，实极愚蠢。我波罗蒂长国，国家虽小，不应愚蠢到如此地步，在历史上为我国王留一污点。政府若断然处置，公民可不能同意。”

另一公民，为了补充前说，又继续说：“他国短处虽不足取法，他国长处又不可不注意：公民以为我们本国，不如仿照他国，设立一个国家学院或研究院，位置这种有德多能的仙人，让他读经习礼，不问国事。给他最大尊敬和够用薪水，不使他再挨饿受凉，也不使他由于过分孤寂，将脾气变坏，则一切问题，皆易解决！”

另一公民又说：“仙人什么皆不缺少，不如封他一极大爵位，一定可以希望从此合作。”

发言公民极多，政府意思，就是让这些公民代表充分发表意见，大家决议以后，斟酌执行。但因过去政府太能负责，一切政策，不用平民担心，政府莫不办得极为妥当合理。政府太好，做公民的，就皆只会按照分定做事做人，因此一来，把一切民主国家公民监督政府的本能，也皆完完全全消失无余了。到时人人各自发抒意见，皆近空谈，不落边际。

还是首相发言提出办法，希望大家注意，这会议到后，才有眉目。

会议结果，就是政府公民全体同意，认为先得想方设法，把这候补仙人感情转换过来，不问条件，皆可商量。只要落雨三日。仙人若有任何苛刻条件提出，国王首相，应当代表国民，签字承认。

但这个古怪仙人并非其他国家知识阶级可比（据说知识阶级，若为政府蔑视过久，喜发牢骚，诅咒政府，常有话说。只须政府当局稍稍懂事，应酬有方，就可无事），生平性情孤僻，不慕荣利，威胁利诱，皆难就范。仙人住处，又在深山，不是租界可比，故首先问题，就是波罗蒂长国家政府，应用何种方法，方能接近这候补仙人，商谈一切。

因在会代表，并无人能同这仙人来往，最后方决定悬出赏格，招募一人，若有人来应募，能在一定时期与仙人晤面，或有方法恳求仙人，使咒语失去效力，或能请求仙人下山，来到国都开会，不论何人，皆加重赏。

会议散后，国王立刻执行决议，颁布赏格，张贴全国，各处通都大邑，四衢四门，无不有这赏格悬布。

我国旱灾，不能免去，细查来由，皆是肉角仙人发气所致。为此布告国人：凡有本领，能够想方设法，说服肉角仙人放弃咒语，使我波罗蒂长国能落大雨者，若想做官，国王听凭这人选择地面，与之分国而治；若想讨娶一房妻子，国王最美丽聪明公主，即刻下嫁。

国民为重赏诱惑，目眩神驰，唯一闻仙人住处在大山之上，于是又各心怀畏怖，宝爱性命，不敢冒险应募。

那个时节，波罗蒂长国中，有一女子，名字叫作扇陀。这个女人，长得端正白皙，艳丽非凡；肌肤柔软，如酪如酥，言语清朗，如啭黄鹂。女人既然容华惊人，家中又有巨富千万。那天听到家下用人说到这种事情，并且好事家人，又凭空虚撰仙人种种骄傲逸事给扇陀听，又因国王赏格中，有公主作为奖赏一条，对于女人，有轻视意思，扇陀心中不平，因此来到王宫门前，应王征募。

众人一见，最先来此应募，却是一个女子，以为女人所长，非插花敷粉，就是扫地铺床，何足算数？故当时不甚措意，接待十分平常。

扇陀就同执事诸人说明来意：“我的名字叫作扇陀，各位大老，谅不生疏，今应王募前来，请问各位：这个肉角大仙，究竟是人是鬼？”

众人皆知国中有扇陀。富甲全国，美如天女。今见来人神采耀目，口气不俗，不敢十分疏慢，就说：“这个肉角仙人，无人见过，只是根据旧书传说，爸爸原是一隐士，母亲乃是一个白鹿，可说他是个人，也可说只是一兽。所知只此，更难详尽。”

扇陀听说，心中明白隐士所以逃避人间，正是怕被女人爱欲缠缚，不能脱身，故及早逃避。如今仙人既由隐士同畜牲生养，一切不难，因此向人宣言：“若这仙人是鬼，我不负责。若这仙人是人，我有巧妙方法，可以降伏。今这大仙不止是人，灵魂骨血，杂有兽性，凡事容易，毫不困难。只请各位大老，代禀国王陛下，容我一见，我当亲向国王说出诸般方法，着手实行。”

扇陀宣言以后，诸官即刻携带这人入宫，引见国王，一一禀明来意。

扇陀所说，事情十分秘密。国王深知扇陀家中，确有巨富千万，相信种种并非出于骗诈，故当时就取一个金盘，装好各种珍奇金器，一翡翠盘，装满各种珠宝，一对龙角，装满珍珠和人间难得宝贝，送给扇陀，吩咐她照计行事。

扇陀既得国王信托，心中十分高兴，临行向王告辞，安慰老年国王，留下话语，预备将来事实证明。扇陀说："国王陛下不必担忧。降伏仙人，一切有我！此去时日，必不甚久，国内土地，就可复得大雨！落雨以后，我还应当想一办法，将仙人当成一匹小鹿，骑跨回国！仙人来时，觐见大王，叩头称臣，也不甚难！"

国王当时似信非信。

扇陀拿了国王所给宝物，回家以后，即刻就派无数家人携带各种宝物，分头出发，向国内各处走去，征发五百辆华贵轿车，装载五百美女，又寻觅五百货车，装载各种用物。百凡各物齐备以后，即刻全体整队向大山进发，牛脚四千，踏土翻尘，牛角二千，嶷嶷数里。车中所有美女，莫不容态婉娈，妩媚宜人，娴习礼仪，巧善辞令，虽肥瘦不一，却能各极其妙。货车所载，言语不可殚述：有各种大力美酒，色味皆与清水无异，吃喝少许，即可醉人。有各种欢喜丸子，皆用药草配合，捏成种种水果形式，加上彩绘，混淆果中，只须吃下一枚，就可使人狂乐，不知节制。有各种碗碟、各种织物。有凤翼排箫、碧玉竖箫，吹时发音，各如凤嘈。有紫玉笛、铜笛、磁笛，皆个性不同，与它性格相近女人吹时，即可把她心中一切，由七孔中发出。有五色玉磬、陨石磬、海中苔草石磬。有宝剑宝弓、车轮大小贝壳、金色径尺蝴蝶。有一切耳目所及与想象所及各种家具陈设，使人身心安舒，不可名言。它的来源，则多由巧匠仿照西王母宫尺寸式样做成的。

且说，这一行人众到达山中时节，女子扇陀，就发布命令，着手铺排一切，把车上所有全都卸下。吩咐木匠，在仙人住处不远，搭好草庵一座，外表务求朴素淡雅，不显伧俗。

草庵完成，又令花匠整顿屋前屋后花草树木，配置恰当。花园完成，又令引水工人从山涧导水，使山泉绕屋流动不息，水中放下天鹅、鸳鸯，及种种美丽悦目鸟类。一切完了以后，扇陀就又令随来男子，速把大车挽去，离山十里，躲藏隐伏，莫再露面。

一切布置，全在一夜中完成，到天明时，各样规划，就已完全做得十分妥当了。

女子扇陀，约了其他美人，三五不等，或者身穿软草衣裙，半露白腿白臂，装成山鬼；或者身穿白色长衣，单薄透明，肌肤色泽，纤悉毕见。诸人或来往林中，采花捉蝶；或携手月下，微吟情歌；或傍溪涧，自由解衣沐浴；或上果树，摘果抛掷，相互游戏。种种作为，不可尽述。扇陀意思，只是在引起仙人注意，尽其注意，又若毫不因为仙人在此，就便妨碍种种行为。只因毫不理会仙人，才可以激动仙人，使这仙人爱欲，从淡漠中培养长大，不可节制。

这候补仙人，日常遍山游行，各处走去，到晚方回。任何一处，总可遇到女人。新来芳邻，初初并不为这仙人十分注意。由于山中兽类，无奇不有，尚以为这类动物，不过兽中一种，爱美善歌，自得其乐，虽有魔力，不为人害。但为时稍久，触目所见，皆觉美丽，就不免略略惊奇。由于习染，日觉稀奇，为时不及一月，这候补仙人一见女人，就已露出呆相，如同一般男子见好女人时节同样情形。

女人扇陀，估计为时还早，一切不忙，仍不在意。每每同女伴到山中游散时节，明知树林叶底枝边，藏有那个男子，总故作无见无闻，依然唱歌笑乐，携手舞蹈，如天上人。所有乐器，各有女人掌持，随时奏乐，不问早晚。歌声清越，常常超过乐器声音，飘扬山谷，如凤凰鸣啸，仙人听来，不免心中作痒。

这候补仙人，既为鹿身，扇陀心中明白，故又常于夜半时节，令人用桐木皮卷成哨管，吹作母鹿呼子声音，以便摇动这个候补仙人依恋之心。

月再圆时，扇陀心知一切业已成熟，机不可失，故把住处附近好好安排起来。每一女人，各因性格特点不同，位置也各不相同：长身玉立的放在水边，身材微胖的装作樵女，吹箫的坐在竹林中，呼笙的独坐高崖上，弹箜篌的把箜篌缚到腰带边，一面漫游一面弹着。手脚伶俐的在秋千架上飘扬，牙齿美丽的常常发笑。一切布置，皆出扇陀设计，务使各人都有机会充分见出长处，些微好处，尽为候补仙人见到，发生作用。

一切布置完全妥帖后，所等候的，就是仙人来此入网触罗。

因此在某一天，这仙人从扇陀屋边经过时，不免向门痴望，过后心中尚觉恋恋，一再回头。女人扇陀，就带领一十二个美中最美的年轻女子，在仙人所去路上出现，故意装成初见仙人，十分惊讶，并且略带嗔怒，质问仙人："你这生人，来到我们住处，贼眉贼眼，各处窥觑不止，算是什么意思？"

候补仙人赶忙赔笑说道："这大山中，就只我为活人。我正纳罕，不知道你们从何处来，到何处去。我是本山主人，正想问讯你等首领，既已来到山中，如何不先问问这山应该归谁管业！"

女人扇陀听说，装成刚好明白的神气，忙向仙人道歉，且选择很多悦耳爽心谀语，贡献仙人。其余各人，也皆表示迎迓，且制止仙人，不许走去。齐用柔和声音相劝，柔和目光相勾，柔和手臂相萦绕，好好歹歹，把仙人哄入屋中，好花异香，供奉仙人，殷勤体贴，如敬佛祖。

女人莫不言语温顺，恭敬熨帖，竞问仙人种种琐事，不许仙人有机会转询女人来处。为时不久，又将他带进另一精美小厅堂，坐近柔软床褥上面，屋中空气，温暖适中，香气袭人，似花非花，四处找寻，不知香从何来。年幼女人，扮成丫环，用玛瑙小盘，托出玉杯，杯中装满净酒，当作凉水，请仙人解渴。

这种净酒，颜色香味，既皆同清水无异，唯力大性烈，不可仿佛，故仙人喝下以后，就说："净水味道不恶！"

又有女人用小盘把欢喜丸送来，以为果品，请仙人随意取吃。仙人一吃，觉得爽口悦心，味美无穷，故又说道："百果色味佳美，一生少见。"

仙人吃药饮酒时节，女人全体围在近旁，故意向他微笑，露出编贝白齿。仙人饮食饱足以后，平时由于节食冥思而得种种智慧，因此一来，全已失去。血脉流转，又为美女微笑加速。故面对女人，说出蠢话："有生以来，我从未得过如此好果好水！"说完以后，不免稍觉腼腆。

女人扇陀就说："这不足怪，我一心行善，从不口出怨言，故天佑我，长远能够得到这种净水好果。若你欢喜，当把这种东西，永远供奉，不敢吝惜。"

仙人读习经典极多，经典中提及的种种事情，无不明白。但因生平读书以外，不知其他事情，经典不载，通不明白。故这时女人说谎，就相信女人所说，不加疑惑。又见所有女人，莫不小腰白齿，宜笑宜嗔，肌革充盈，柔腻白皙，滑如酥酪，香如嘉果，故又问诸女人，如何各人就生长得如此体面，看来使人忘忧。

仙人说："我读七百种经，能反复背诵，经中无一言语，说到你们如此美丽原因。"

女人又即刻回答仙人："事为女人，本极平常，所以你那宝经大典，不用提及。其实说来，也极平常，我等日常皆以此百果充饥，喝此地泉解渴，故肥美如此，尚不自觉！"

仙人听说，信以为真，心中为女人种种好处，有所羡慕，欲望在心，故五官皆现呆相，虽不说话，女人扇陀，凡事明白。

为时少顷，女人转问仙人："你那洞中阴暗潮湿，如何可以住人？若不嫌弃，怎不在此试住一天？"

仙人想想，既一见如故，各不客气，要住也可住下，就无可不可地说："住下也行。"

女人见仙人业已答应住下，各皆欣悦异常。

女人与仙人共同吃喝，自己各吃白水杂果，却把净酒药丸，极力进劝这业已早为美丽变傻的仙人。杯盘杂果，莫不早就刻有暗中记号，故女人都不至于误服。仙人见女人殷勤进酒，即欲退辞，无话可说，只得尽量而饮，尽量而吃，直到半夜。在筵席上，女人令人奏乐，百乐齐奏，音调靡人，目眙手抚，在所不禁。仙人在崭新不二经验中，越显痴呆。女人扇陀，独与仙人极近，低声俯耳，问讯仙人："天气燠热，蒸人发汗，仙人是否有意共同洗澡？"

仙人无言，但微笑点头，表示事虽经典所不载，也并不怎样反对。

先是扇陀家中，有一宝重浴盆，面积大小，可容二十人，全身用象牙、云母、碧瑶，以及各种珍珠玉石、杂宝错锦镶镂而成。盆在平常时节，可以折叠，如同一个中等帐幕，分量不大，只须鹿车一部，就可带走。但这稀奇浴盆，抖开以后，便可成一个椭圆形小小池子，贮满清水，即四十人沐浴，尚不至于嫌其过仄。盆中贮水既满，扇陀就与仙人共同入水，浮沉游戏。盆大人少，仙人以为不甚热闹，女人扇陀，复邀身体秀丽苗条女子十人，加入沐浴。盆中除去诸人以外，尚有天鹅，舒翼延颈，矫矫不凡。有金鲫，大头大尾。有小虾，有五色圆石。水有深有浅，温凉适中。

仙人入水以后，便与所有女人共在盆中牵手跳跃。女人手臂，莫不十分柔软，故一经接触，仙人心即动摇。为时不久，又与盆中女人，互相浇水为乐，且互相替洗。所有女人，奉令来此，莫不以身自炫，故不到一会儿，仙人欲心转生，遂对盆中女人，更露傻相。神通既失，鬼神不友，波罗蒂长国境，即刻大雨三天三夜，不知休止。全国臣民，那时皆知他人战败，国家获福，故相互庆祝，等候美女扇陀回国，准备欢迎。国王心中记忆扇陀所言，不知结果如何，欣庆之余，仍极担心。

仙人既在扇陀住处，随缘恋爱，神通失去，仍然十分糊涂，毫不自觉。扇陀暗中嘱咐诸人，只为这仙人准备七日七夜饮食所需，七日以内，使这仙人欢乐酒色，沉醉忘归；七日以后，酒食皆尽，随用山中泉水，山中野果，供给仙人，味既不济，滋养功用，也皆不如稍前一时佳美。仙人习惯已成，俨如有瘾，故向女人需索日前一切。

诸女人中，就有人说："一切业已用尽，没有余存，今当同行，离这穷山荒地。一到我家园地，所有百物，不愁缺少，只愁过多，使人饱闷！"

仙人既已早把水果吃成嗜好，就同意即刻离开本山。

于是各人收拾行李，整顿器物，预备回国报功。为时不久，一行人众，就已同向波罗蒂长国都中央大道一直走去。

去城不远时节，美女扇陀，忽在车中倒下，如害大病，面容失色，呼痛叫天，不能自止。

仙人问故。美女扇陀装成十分痛苦，气息哽咽，轻声言语：“我已发病，心肝如割，救治无方，恐将不久，即此死去！”

仙人追问病由，想使用神通援救女人。扇陀哽咽不语，装成业已晕去样子，身旁另一女人，自谓与扇陀同乡，深明暴病由来，以为若照过去经验，除非得一公鹿，当成坐骑，缓步走去，可以痊愈。若尽彼在牛车上摇簸百里，恐此美人，未抵家门，就已断气多时了。

女人且说：“病非公鹿稳步，不可救治，此时此地，何从得一公鹿？故美女扇陀，延命再活，已不可能。”

各人先时，早已商量完全，听及女人说后，认为消息恶极，皆用广袖遮脸，痛哭不已。

仙人既为母鹿生养，故亦善于模仿鹿类行动，便说：“既非骑鹿不可救治，不如就请扇陀骑在我颈项上，我来试试，备位公鹿，或可使她舒适！”

女人说：“所需是一公鹿，人恐不能胜任。”

仙人平时，因为出身不明，故极力避开同人谈说家世。这时因爱，忘去一切，故当着众人，自白过去，明证“本身虽人，衣冠楚楚，尚有兽性，可供驱策。若自充坐骑，可以使爱人复生，从此做鹿，驮扇陀终生，心亦甘美，永不翻悔”。

美女扇陀，当一行人等从大山动身进发时节，早先派遣一人，带去一信，禀告国王，信中写道：“国王陛下，小女托天与王福佑，业已把仙人带回，明日可到国境，王可看我智能如何！”国王得信之后，就派卫队及各大臣，按时入朝，严整车骑，出城欢迎扇陀。

仙人到时，果如美女扇陀出国之前所说，被骑而来。且因所爱扇陀在其背上，谨慎小心，似比一切驯象良马，尚较稳定。

国王心中十分欢喜，又极纳罕。就问美女扇陀，用何法力，造成如许功绩。

美女扇陀，微笑不言，跳下仙人颈背，坐国王车，回转宫中，方告国王：“使仙人如此，皆我方便力量，并不出奇，不过措置得法而已。如今这个仙人既已甘心情愿做奴当差，来到国中，正可仿照他国对待元老方法，特为选择一个极好住处安顿住下。百凡饮食起居所需，皆莫缺少，恭敬供养，如待嘉宾；任其满足五欲，用一切物质，折磨这业已入网的傻子，并且拜为名誉大臣，波罗蒂长国家，就可从此太平无事了。”

国王闻言，点头称是，一切照办。

从此以后，这肉角仙人，一切法力智慧，在女人面前，消灭无余。住城稍久，身转羸瘦，不知节制，终于死去。临死时节，且由于爱，以为所爱美女扇陀，既常心痛，非一健壮公鹿充作坐骑，就不能活，故弥留之际，还向天请求，心愿死后，即变一鹿长讨扇陀欢心。能为鹿身，即不为扇陀所骑，但只想象扇陀尚在背上，亦当有无量快乐。

这就是那个商人直到三十八岁不敢娶妻的理由。商人把故事说完时，大家笑乐不已。其中有一秀才，便即站起，表示自己见解：“仙人变鹿，事不出奇，因本身能做美人坐骑，较之成仙，实为合算。至于美女扇陀之美，也无可怀疑，兄弟虽尚无眼福得见佳丽，即在耳聆故事之余，区区方寸之心，亦已愿做小鹿，希望将来，可备候补坐骑了。”

那善于诙谐的小丑，听到秀才所说，就轻轻地说：“当秀才的老虎不怕，何况变为扇陀坐骑？”但因为他知道秀才脾气不易应付，故只把他的嘲笑，说给自己听听。

故事自从商人说出以后，不只这秀才愿做畜牲，即如那位先前说到“妇人只合鞭打”的男子，也觉得稍前一时，出言冒昧，俨然业已得罪扇陀，心中十分羞惭，悄悄地过屋角草堆里睡去了。

那商人把故事说完，走回自己火堆边去，走过屋主人坐处，主人拉着了他，且询问他：“是不是还怕女人？”

商人说：“世界之上，有此女人，不生畏怖，不成为人。”

言语极轻，故也不为秀才所闻，方不至被秀才骂为“俗物”。

为张家小五辑自《智度论》

一九三二年十月于青岛

○ ○ ○ 爱欲

在金狼旅店中，一堆柴火光焰熊熊，围了这柴火坐卧的旅客，皆想用故事打发这个长夜。火光所不及的角隅里，睡了三个卖朱砂水银的商人。这些人各自负了小小圆形铁筒，筒中贮藏了流动不定分量沉重的水银，与鲜赤如血美丽悦目的朱砂。水银多先装入猪尿泡里，朱砂则先用白绵纸裹好，再用青竹包藏，方入铁筒。这几个商人落店时，便把那圆形铁筒从肩上卸下，安顿在自己身边。当其他商人说到种种故事时，这三个商人皆沉默安静地听着。因为说故事的，大多数欢喜说女人的故事，不让自己的故事同女人离开，几个商人恰好各有一个故事，与女人大有关系，故互相在暗中约好，且等待其他说故事的休息时，就一同来轮流把自己故事说出，供给大家听听。

到后机会果然来了。

他们于是推出一个伙伴到火光中来，向躺卧蹲坐在火堆四围的旅客申明，他们共有三个人，愿意说三个关于女人的故事，若各位许可他们，他们各人就把故事说出来；若不许可，他们就不必说。

众旅客用热烈掌声欢迎三个说故事的人物，催促三个人赶快把故事说出。

一 被刖刑者的爱

第一个站起说故事的，年纪大约三十岁，人物仪表伟壮，声容可观。他那样子并不像个商人，却似乎是个大官。他说话时那么温和，那么谦虚。他若不是一个代替帝王管领人类身体行为的督府，便应当是一个代替上帝管领人类心灵信仰的主教。但照他自己说来，则他只是一个平民，一个商人。他说明了他的身份后，便把故事接说下去。

我听过两个大兄说的女人的故事。且从这些故事中，使我明白了女人利用她那份属于自然派定的长处，迷惑过有道法的候补仙人，也哄骗过最聪明的贼人，并且两个女孩子皆因为国王应付国事无从措置时，在那唯一的妙计上，显出良好的成绩。虽然其他一个故事，那公主吸引来了年轻贼人，还仍然被贼人占了便宜，远远逃去；但到后因为她给贼人养了儿子，且因长得美丽，终究使这聪敏盗贼，不至于为其他国家利用，好好归来，到底还仍然在历史上留下一个记载，这记载就是："女人征服一切，事极容易。"世界上最难处置的，恐怕无过于仙人与盗贼，既这两种人皆得在女人面前低首下心，听候吩咐，其他也就不必说了。

但这种故事，只说明女人某一方面的长处，只说到女人征服男子的长处！并且这些故事在称扬女子时，同时就含了讥刺与轻视意见在内。既见得男性对于女子特别苛刻，也见得男子无法理解女子。

我预备说的，是一个女子在自然派定那份义务上，如何完成她所担负的"义务"。这正是义务。她的行为也许近于堕落，她的堕落却使说故事的人十分同情。她能选择，按照"自然"的意见去选择，毫不含糊，毫不畏缩。她像一个人，因为她有"人性"。不过我又很愿意大家明白，女子固然走到各处去，用她的本身可以征服人，使男子失去名利的打算，转成脓包一团，可是同时她也就会在这方面被男子所征服，再也无从发展，无从挣扎。凡是她用为支配男子的那份长处，在某一时也正可以成为她的短处。说简单一点儿，便是她使人爱她，弄得人糊糊涂涂，可是她爱了人时，她也会糊糊涂涂。

下面是我要说的故事。

××族的部落，被上帝派定在一个同世界上俨然相隔绝的地方，生育繁殖他们的种族。他们能够得到充足的日光，充足的饮食，充足的爱情，却不能够得到充足的知识。年纪过了三十以上的，只知道用反省把过去生活零碎的印象随意拼凑，同样又把一堆用旧了的文字照样拼凑，写成忧郁柔弱的诗歌。或从地下挖些东西出来，排比秩序，研究它当时价值与意义。或一事不做，花钱雇了一个善于烹调的厨子，每日把鸡鸭鱼肉，加上油盐酱醋，制成各式好菜好汤，供奉他肠胃的消化。一切皆恰恰同中国有一些中产阶级一样，显得又无聊又可怜。他们因为所在的地方，不如中国北京那么文明，不如上海那么繁华，所以玩古董、上公园、跳舞、看戏，这类娱乐也得不到。每人虽那么活下去，可不明白活下去是些什么意义。每人皆图安静，只想变成一只乌龟，平安无事打发每个日子，把自己那点儿生命打发完结时，便硬僵僵地躺到地坑里去，让虫子把尸身吃掉，一切便算完事了。他们不想怎么样把大部分人的生命管束起来，好好支配到一个为大家谋幸福与光荣的行动上去（一族中做主子的，就不知道如何组织社会，使用民力）。他们都在习惯观念中见得极其懒惰，极其懦怯。用为遮掩他们中年人的思索与行为懒惰懦怯的，就是一本流传在那个种族中极久远极普遍的古书，那本书同中国的圣经贤传文字不同，意思相近。书中精义，概括起来共只十六个字，就是：

生死自然。不必求生。清静无为。身心安泰。

那种族中中年人虽然记到这十六个深得中国老庄精义的格言，把日子从从容容对付下去，年轻人却常常觉得这一两千年前拘迂老家伙所表示的自然主义人生观，到如今已经全不适用。都以为那只是当时的人把“生”“死”二字对立，自然产生的观念。如今的人，应当去生，去求生，方是道理。可是应当怎么样去求生，这就有了问题。

因此那地方便也产生了各种思想与行动的革命，也同样是统治阶级愚蠢的杀戮！也同样在某一时就有了若干名人与伟人乘时鹊起，也同样照历史命运所安排的那种公式，糟蹋了那个民族无数精力和财富，但同时自然也就在那份牺牲中，孕育了未来光明的种子。

其中有年轻兄弟两人，住在那个野蛮懒惰民族都会中，眼见到国内一切那么混乱，那么糟糕，心中打算着：“为什么我们所住的国家那么乱，为什么别个国家又那么好？”

两兄弟那时业已结婚，少年夫妇，恩爱异常，家中境况又十分富裕，若果能够安分在家中住下，看看那个国家一些又怕事又欢喜生点儿小事的人写出的各样“幽默”文章，日子也就很可以过得下去了。可是这两兄弟却觉得这样下去很不好，以为在自己果园中，若不知道树上所结的果子酸到什么样子，且不明白如何可以把结果极酸的、生虫的、发育不完全的树木弄好的方法，最好还是赶快到别一个果园去看看。于是弟兄两人就决计徒步到各处去游学，希望从这个地球的另一处地方，多得到些智慧同经验，对于国家将来有些贡献。两人旅行计划商量妥当后，把家中财产交给一个老舅父掌管，带了些金块和银块，就预备一同上路。两个年轻人的美丽太太，因为爱恋丈夫，不愿住在家中享福，甘心相从出外受苦，故出发时，共四个人。

两兄弟明白本国文化多从东方得来，且听说西方民族，有和东方民族完全不同的做人观念与治国方法，故一行四人乃取道西行，向日落处一直走去。

他们若想到西方的××国，必须取道一个寂无人烟不生水草的沙漠，同伴四人，为了寻求光明，到了沙漠边地时，对于沙漠中种种危险传说，皆以为不值得注意。几人把粮秣饮水准备充足以后，就直贯沙漠，向荒凉沙碛中走去。

他们原只预备了二十七天的粮食，可是走过了二十七天后，还不能通过这片不毛之地。那时节虽然还有些淡水，主要食物却已剩不了多少。几人讨论到如何支持这些危险日子，却商量不出什么结果。沙漠里既找寻不出一点儿水草同生物，天空中并一只飞鸟也很少见到，白日里只是当头白白的太阳，灼炙得人肩背发痛，破皮流血。到晚上时，则不过一群浅白星子嵌在明蓝太空里而已。原来他们虽带了一张羊皮制成的地图，但为了只知按照地图的方向走去，反而把路走岔了。

有一天晚上，几人所剩下的一点点饮料，看看也将完事了。各人又饥又渴，再不能向前走去，便僵僵地躺在沙碛上，仰望蓝空中星辰，寻觅几人所在地面的经度，且凭微弱星光，观察手中羊皮制就的地图。

两兄弟以为身边两个妇人已倦极睡熟，故共同来商量此后的办法。

哥哥向弟弟说："你年轻些，比我也可以多在这世界上活些日子，如今情形显然不成了，不如我自杀了，把肉供给你们生吃，这计策好不好！"

那弟弟听哥哥说到想要自杀，就同他哥哥争持说："你年纪大些，事情也知道得多些，若能够到那边学得些知识，回国也一定多有一分用处。现在既然四个人不能够平安通过这片沙漠，必须牺牲一个人，作为粮食，不如把我牺牲，让我自杀。"

那哥哥说："这绝对不行，一切事情必须有个秩序，做哥哥的大点儿，应当先让大的自杀。"

"若你自杀，我也不会活得下去。"

弟兄俩一面在互相争论，互相解释，那一边两妯娌并未睡着，各人却装成熟睡样子，默默地在窃听他们所讨论的事情。两个妇人都极爱丈夫，同丈夫十分要好，俱不想便与丈夫遽然分离。听到后来两兄弟争论毫无结果，那嫂嫂就想："我们既然同甘共苦来到这种境遇中，若丈夫死了，我也得死。"

弟妇就想："既然不能两全，若把这弟兄两人任何一个死去，另一个也难独全。想想他们受困于此的原因，皆只为路中有我们两人，受女人累赘所致。我们既然无益有害，不如我们死了，弟兄两个还可希望共同逃出这死海，为国家做出一份事业。"

那嫂嫂因为爱她的丈夫，想在她丈夫死去时，随同死去；丈夫不死，故她也还不死。那弟妇则因为爱她的丈夫，明白谁应当死，谁必须活，就一声不响，睡到快要天明时，悄悄地破一个饭碗，把自己手臂的动脉用碎瓷割断，尽血流向一个木桶里去，等到另外三个人知道这件事情时，木桶中血已流满，自杀的一个业已不可救药了。

弟弟跪在沙地上检查她的头部同心房时，又伤心，又愤怒，问她："你这是做什么？"

那女人躺卧在他爱人身旁，星光下做出柔弱的微笑，好像对于自己的行为十分快乐，轻轻地说："我跟在你们身边，麻烦了你们，觉得过意不去。如今既然吃的喝的什么都完了，你们的大事中途而止岂不可惜？我想你们弟兄两个既然谁也不能让谁牺牲，事情又那么艰难，不如把无多用处的我牺牲了，救你们离开这片沙漠较好，所以我就这样做了。我爱你！你若爱我，愿意听我的话，请把这木桶里的血，趁热三人赶快喝了，把我身体吃了，继续上路，做完你们应做的事情。我能够变成你们的力量，我死了也很快乐。"

说完时，她便请求男子允许她的请求，原谅她，同她接一个最后的吻。男子把一滴眼泪淌入她口中，她咽下那滴眼泪，不及接吻气便绝了。

三个人十分伤心，但为了安慰死去的灵魂，成全死者的志愿，记着几人远离家国的旅行，原因是在为国家寻觅出路，属于个人的悲哀，无论如何总得暂且放下不提，因此各人只得忍痛分喝了那桶热血。到后天明时，弟弟便背负了死者尸身，又依然照常上路了。

当天他们很幸福地遇到一队横贯沙漠的骆驼群，问及那些商人，方明白这沙漠区域常有变动，还必须七天方能通过这个荒凉地方，到一个属于××国的边镇。几人便用一些银块，换了些淡水，换了些粮食，且向商人雇了一匹骆驼，一个驼夫把死尸同粮食用具驮着，继续通过这片沙碛，但走到第四天时，赶骆驼的人，乘半夜众人熟睡之际，拐带了那个死尸逃逸而去，从此毫无踪迹可寻。原来这赶骆驼的，属于一种异端外教，相信新近自杀的女尸，供奉起来，可以保佑人民，便把那个女尸带回部落去用香料制作女神去了。

三人知道这愚蠢行为的意义，沙漠中徒步绝不能跟踪奔驰疾步的骆驼，好在粮食金钱依然如旧，无可如何，只好在当地竖立一支木柱，刻上一行字句："凡能将一个白脸长身的女人尸体送至××国者，可以得马蹄金十块，马蹄银十块。"把木柱竖好，几人重复上路。

走了三天，果然走到了一个商镇，但见黄色泥室，比次相接，驼粪堆积如山，骆驼万千，马匹无数，人民熙熙攘攘，很有秩序。走到一座客店，安置了行李以后，就好好地休息了三天。

休息过后，几人又各处参观了一番，正想重新上路，那弟弟却得了当地流行不可救药的热病，不能起身。把当地的著名医生请来诊治时，方知病已无可治疗，当晚就死掉了。

临死时这弟弟还只嘱咐哥哥，应当以国家事情为重，不必因私人死亡忧戚。且希望哥哥不必在死者身上花钱，好留下些钱财，做旅行用。且希望哥嫂及早动身，免得传染。话说完时，便落了气。这哥嫂二人虽然十分伤心，一切办法，自然尽照死者的志愿做去，把死者处置妥当，就上了路。

剩下这一对青年夫妇，又取道向西旅行了大约有半年光景。那男子因为担心国是，纪念死者，只想凝聚精力，作为旅行与研究旅行所得学问而用，因此对于那位同伴、夫妇之间某种所不可缺少的事情，自然就疏忽了些。女人虽极爱恋男子，甘苦与共，生死相依，终不免便觉得缺少了些东西。

有一天，两人在路上碰到一个因为犯罪双足业被刖去的丑陋乞丐，夫妇二人见了这人，十分怜悯，送他些钱后，那乞丐看到这一对旅行的夫妇检阅羊皮地图，找寻方向，就问他们，想去什么地方，有什么事。两人把旅行意见如实告给了乞丐。那乞丐就说，他是西方××大国的人，知道那边一切，且知道向那大国走去的水陆路径，愿意引导他们。两人听说，自然极其高兴。于是夫妇两人轮流用一辆小车推动这乞人上路，向乞人所指点方向，慢慢走去。

夫妇两人爱情虽笃，但因做丈夫的不注意于男女事情，妇人后来，便居然同那刖足男子发生了恋爱。时间这样东西既然还可造成地球，何况其他事情？这爱情就也很自然并不奇怪了。两人因这秘密恋爱，弄得十分糊涂，只想设计脱离那个丈夫。因此那刖足男子，便故意把旅行方向，弄斜一些，不让几人到达任何城池。有一天，几人走近了一道河边，沿河走去，妇人见河岸边有一株大李子树，结实累累，就想出一个计策，请丈夫上树摘取些李子。丈夫因为河岸过于悬崭，稍稍迟疑。那妇人说，这不碍事，若怕掉下，不妨把一根腰带，一端缚到树根，一端缚到腰身，纵或树枝不能胜任，摔下河中时，也仍然不会发生危险了。丈夫相信了这个意见，如法做去，李树枝子脆弱，果然出了事情。女人取出剪子，悄悄地把那丝质腰带剪断，因此那个丈夫，即刻堕入河中，为一股急促黄流卷去，不见踪影。

妇人眼见到自己丈夫堕入大河中为急流冲去以后，就坦然同那刖足男子成为夫妇，带了所有金银粮食重新上路了。

不过这个男子虽已堕入河中，一时为洑流卷入河底，到后却又被洑流推开，载浮载沉，向下流漂去。后来迷迷糊糊漂流到了一个都市的税关船边，便为人捞起，搁在税关门外，却慢慢地活了。初下水时，这男子尚以为落水的原因，只是腰带太不结实，并不想到事出谋害。只因念念不忘妇人，故极力在水中挣扎，才不至于没顶。等到被人从水中捞起复活以后，检查系在身边那条断了的腰带，发现了剪刀痕迹，方才明白落水原因。但本身既已不至于果腹鱼鳖，目前要紧问题，还是如何应付生活，如何继续未完工作，为国效劳，方是道理。故不再想及那个女人一切行为，忘了那个女人一切坏处。

这男子因为学识渊博，在那里不久就得到了一个位置。做事一年左右，又得到总督的信任，引为亲信。再过三年，总督死去，他就代替了那个位置，做了总督。

妇人虽对于这男子那么不好，他到了做总督时，却很想念到他的妇人，以为当时背弃，必因一时感情迷乱，故不反省，冒昧做出这种蠢事，时间久些，必痛苦翻悔。他于是派人秘密打听，若有关于一个被刖足的男子与一个美丽女人因事涉讼时，即刻报告前来，听候处置。

时间不久，那大城里就发现了一件稀奇事情，一个曼妙端雅的妇人，推挽了辆小小车子，车中却坐了一个双脚刖去剩余只手的丑陋男子，各处向人求乞。有人问她因何事情，从何处来，关系怎样，妇人就说废人是她的丈夫，原已被刖，因为欢喜游历，故两人各处旅行。有些金银，路上被人觊觎，抢劫而去。当贼人施行劫掠时，因男子手中尚有金子一块，不肯放下，故这只手就被贼徒砍去。路人见到那么美貌妇人，嫁了这种粗丑丈夫，已经觉得十分古怪，人既残废，尚能同甘共苦，各处谋生，不相远弃，尤为罕见。因此各有施赠，并且传遍各处，远近皆知。事为总督所闻，即命令把那一对夫妇找来。总督一看，妇人正是自己爱妻，废人就是那个身受刖刑的废人。虽相隔数年，女人面貌犹依然异常美丽。刖足乞丐，则因足既被刖，手又砍去一只，较之往昔，尤增丑陋。那总督便向妇人询问：“这废人是不是你丈夫？”

妇人从从容容地说：“他是我的丈夫。”

总督又问废人：“你们什么时候结婚，在什么地方住家？”

废人不知如何说谎，那妇人便抢着回答：“我们结婚业已多年，我们本来有家，到后各处旅行，路上遇了土匪，所有金宝概行掠去以后，就流落在外不能回家了。”

总督说：“你认识我不认识？”

那妇人怯怯看了一下，便着了一惊。又仔细地一看，方明白座上的总督，就正是数年前落水的丈夫！匆促中无话可说，只顾磕头。

总督很温和地向妇人说：“你如今居然还认识得我，那好极了。你并没有错处。你并没有罪过。如今尽你意思做去。你自己看，想怎么样？你可以自己说明。你要同这个废人在一处，还是想离开他？你可以把你希望说出来。”

那妇人本来以为所犯的罪过非死不可，故预备一死。如今却见总督那么温和，想起一切过去，十分伤心。哭了一会儿，就说：“为了把总督人格和恩惠扩大，我希望还能够活下去。我本来应当即刻自杀，以谢过去那点儿罪过。但如今却只盼望总督的大恩，依旧允许我同这废人在本境里共同乞讨过日子下去，因为这样，方见得你好处！”

总督说：“好，你欢喜怎么样就怎么样，总之如今你已自由了。”

此后这总督因为关心祖国事情，把总督职务交给了另外一个人，所有的金钱，赠给了那个他极爱她她却爱一废人的女子，便离开那都市，回转本国去了。

故事到末了时，那商人说：“我这故事意思是在告给你们女人的痴处，也并不下于男子。或者我的朋友还有更好的故事，提到这个问题，我希望他的故事比我的更好。”

二 弹筝者的爱

第二个商人，有一张马蹄形的脸子，这商人麻脸跛脚，只剩下一只独眼，相貌朴野古怪，接下去说：“女人常使男子发痴，做出种种呆事，呆事中最著名的一件，应当算扇陀迷惑山中仙人的传说。我并没有那么美丽驾空的故事，但我却知道有个极其美丽的女人，被一个异常丑陋的男子所迷惑，做出比候补仙人还可笑的行为。”

这故事在后面。

副官宋式发，年纪轻轻地死去时，留给他那妻子的，只是一个寡妇的名分，同一个未满周岁的小雏。这寡妇年龄既然还只有二十岁，相貌又复窈窕宜人，自然容易引起当地年轻男子的注意。谁都希望关照这个未亡人，谁都愿意继续那个副官的义务和权利。因此许多人皆盼望接近这个美貌妇人身边，想把这标致人儿随了副官埋葬在土中的心，用柔情从土中掏出。使尽了各种不同方法，一切还是枉然徒劳。愚蠢的诚实，聪明的狡猾，全动不了这个标致人儿的心。

她一见到这些齐集门前献媚发痴的人，总不大瞧得上眼。觉得又好笑又难受，以为男子全那么不济事，一见美貌红颜，就天生只想下跪。又以为男子中最好的一个，已经死去了，自己的爱情，就也跟着死去了。

过了两年。

这未亡人还依然在月光下如仙，在日光下如神，使见到她的人目眩神迷，心惊骨战。爱她的人还依然极多，她也依然同从前一样，贞静沉默地在各种阿谀各种奉承中打发日子下去。

她自己以为她的心死了，她的心早已随同丈夫埋葬在土中去了，她自己若不掏出来，别人是没有这份本领把它掏得出来的。

到后来，一些从前曾经用情欲的眼睛张望过这个妇人的，因爱生敬皆慢慢地离远了。为她唱歌的，声音已慢慢地喑哑了。为她作诗的，早把这些诗篇抄给另外一个女子去了。

又过了两年。

有一天，从别处来了一个弹筝人，常常扛了他那件古怪乐器，从这未亡人住处门前走过。那乐器上十三根铜弦，拨动时，每一条铜弦便仿佛是一张发抖的嘴唇，轻轻地、甜蜜地靠近那个年轻妇人的心胸。听到这种声音时，她便不能再做其他什么事情，只把一双曾经为若干诗人嘴唇梦里游踪所至的纤美手掌，扶着那个白白的温润额头。一听到筝声，她的心就跳跃不止。

她爱了那个声音。

当她明白那声音是从一只粗糙的手抓出时，她爱了那只粗糙的手。当她明白那只粗糙的手是一个独眼、麻脸、跛脚的人肢体一部分时，她爱了那个四肢五官残缺了的废人。她承认自己的心已被那个残废人的筝声从土中掏出来了。她喜欢听那筝声。久而久之，每天若不听听那筝声，简直就不能过日子了。

那弹筝人住处在一个公共井水边，她因此早晚必借故携了小孩来井边打水。她又不同他说什么。他也从不想到这个美丽妇人会如此丧魂失魄地在秘密中爱他。

如此过了很多日子。

有一天，她又带了水瓶同小孩子来取水，一面取水，一面听那弹筝人的新曲。那曲子实在太动人了，当她把长绳络结在瓶颈上时，所络着的不是颈头，竟是那小雏的颈项。她一面为那筝声发痴，一面把自己小孩放下深井里去，浸入水中，待提起时，小孩子早已为水淹死了。

附近的人知道了这件事情时，大家跑来观看，却不明白为什么这妇人如何发痴会把自己亲生小孩杀死。或以为鬼神作祟做出这事，或以为死去的副官十分寂寞，就把儿子接回地下去，假手自己母亲，做出这事。又或以为那副官死后，因明白妇人过于美丽年轻，孀居独处，十分可怜，故促之把小孩子弄死，对旧人无所系恋，便可以任意改嫁。谈论纷纭，莫衷一是，却无一人想象得出这事真正原因。

那时弹筝人已不弹筝了，正抱了他那神秘乐器，欹立在一株青桐树下。有人问他对于这种稀奇事情的意见："先生，一个女子相貌如此良善，为人如此贞静，会做这种古怪事情，你说，这是怎么的？"

那弹筝人说："我以为这女人一定是爱了一个男子。世界上既常有受女人美丽诱惑发昏的男子，也就应当有相同的女人。她必为一个魔鬼男子先骗去了灵魂，现在的行为，正是想把身体也交给这魔鬼的！"

"这魔鬼属于某一类人？"

那弹筝人听到这样愚蠢的询问，有点儿生气了，斜睨了面前的人一眼，就闭了他那只独眼说道："你难道以为女子会爱一个像我这种样子的男子吗？"

那人看看说来无趣，便走开了。至于那弹筝人，当然是料不到妇人会为他发痴的。

到了晚上，弹筝人正独自一人闭着独眼，在明月下弹筝，妇人就披了一件寝衣走去找他，见到他时，同一堆絮一样，倒在他的身边。弹筝人听到这种声音，吃了一惊，睁开独眼，就看到一堆白色丝质物，一个美丽的头颅，一簇长长的黑发。弹筝人赶忙把这个晕了的人抱进屋中竹床上，借月光细细端详一下面目，原来这个女子就正是日里溺死婴儿的妇人。再想敞敞妇人那件衣服，让她呼吸方便一点儿时，稍稍把衣服一拉，就明白这妇人原来是一个光光的身体，除了一件寝衣什么也没着身！那弹筝人简直吓呆了，不知如何是好。

妇人等不及弹筝人逃走，就霍然坐起，把寝衣卸下，伸出两只白白的臂膊抱定那弹筝人颈项了。

她告给了他一切秘密，她让他在月光下明白她是一个如何美丽的生物。

但他想起日里溺毙的婴孩，以为这是魔鬼的行为，因为吓怕，终于弃却了女人同那件乐器，远远地逃走了。而她后来却缢死在那间小屋里。

三　一匹母鹿所生的女孩的爱

第三个商人相貌如一个王子，他说：

我的故事虽然所说到的还是女人。这女人同先前几个女人或者稍微不同一点儿。我的故事同扇陀故事起始大同小异，我要说到的女人，却似乎比扇陀更能干一些。但也有些地方与其余故事相同，因为这女人有所爱恋，到后便用身殉了爱。她爱得更稀奇，说来你们就明了。

与扇陀故事一样，同样是一个山中，山中有个隐居遁世修道求真的男子，搭了一座小小茅棚，住在那里，不问世事。这隐士小便时，有一只雌鹿来舔了几次，这鹿到后来便生了一个女子，相貌端正娴雅，美丽非常。这母鹿所生孩子，一切如人，仅仅两只小脚，精巧纤细，仿佛鹿脚。隐士把女孩养育下来，十分细心，故女孩子心灵与身体两方面，皆发展得极其完美。

女孩子大了一些，隐士因为自己是一个旧时代的人物，担心自己的顽固褊持处，会妨碍这女孩的感情接近自然，因此在较远住处，找寻到一片草坪，前面绕有清泉，后面傍着大山，在那里为女孩造一简陋房子，让她住下。两方面大约距离三里，每天这女孩子走来探望隐士一次，跟随隐士请业受教。每次来到隐士住处读书问道，临行时，隐士必命令她环绕所住茅屋三周，凡经过这个女孩足迹践履处，地面便现出无数莲瓣。

隐士从女孩脚迹上，明白这个女孩必有夙德，将来福气无边，故常常为她说及若干故事，大都是另一时节另一国土女子在患难中忍受折磨转祸为福的故事。女孩听来，只知微笑，不能明白隐士意思。

有一天国王因为国家大事，无法解决，亲自跑来隐士住处领教，请求这个积德聚学的有道之人，指点一切困难问题。到了山中隐士住处之后，见隐士茅屋周围，皆有莲花瓣儿痕迹，异常美丽。国王就问隐士："这是什么？"

隐士说："这是一个山中母鹿所生女孩的脚迹。"

国王说："山中女子，真有美丽如此的脚迹吗？"

“你不相信别人的，就应当相信你自己的。国王，那你以为这是谁的脚迹？”

“假如这个山中真有如此美丽脚迹的人，不管她是谁生的，我都预备把她讨做王后。”

“凡世界上居上位的皆欢喜说谎，皆善说谎。”

“我若说谎，见到这个女人以后，不把她娶做王后，天杀我头。你若说谎，无法证明这是女人的脚迹，我就割下你的头颅。”

隐士眼见到这个国王血脉贲兴，大声说话，却因为这里一切皆是事实，难于否认，故当时只微笑颔首，不做别的话语。

时间不久，住在另外一个地方的女孩又跑来了，一见隐士身边的国王，从服饰仪表上看来，明白这个人是历史上所称的国王，就温文尔雅，为隐士与国王行了个礼，行礼完后，站在旁边不动。这女孩既容貌柔媚，并且知书识礼。国王有所询问时，应对周详，辞令端雅。国王十分中意，当场就向那个女孩求婚。他请求女孩许可，让他成为她的臣仆，把那戴了一顶镶珠嵌宝王冠的头，常常俯伏在她膝边。

女孩子那时年龄还只一十六岁，第一次见到陌生男子，且第一次听到国王这种糊涂的意见，竟毫不觉得稀奇。她即刻应允了这件事，她说：“国王，您既然以为把王冠搁在我的膝下使您光荣幸福，您现在就可照您意思做去。”

那国王得了女人的爱情以后，就把女人用一匹白色大马，驮回本国宫中。选择吉日良辰，举行婚礼。

结婚以后，这个女人被国王恩宠异常。一月以后，为国王孕了个小孩，将近一年，所孕小孩应分娩了，真忙坏那个国王。自从这山中女孩入宫后，专宠一宫，因此其他妃嫔莫不心怀妒忌。

故当女孩生产落地一个极大肉球时，就有人在暗中私下把王后所生产的肉球取去，换了一副猪肺。国王听说产妇业已分娩，走来询问，为其他妃嫔买通的收生妇人，就把那一堆猪肺呈上，禀告国王，这就是王后生产的东西。国王听说有这种事情，十分愤怒，即刻派人把那王后押送出宫，恢复平民地位。

这女孩因为早年跟隐士学得忍受横逆方法，当时含冤莫白，只得忍痛出宫。出宫以后，就匿名藏姓，且用药水把自己相貌染黑，替大户人家做些杂务小事，打发日子。因为出自宫中，礼仪娴习，性情又好，深得主人信任，生活也不十分困难。

那个国王，自然就爱了其余妃嫔，把山中母鹿所生的那个女子渐渐忘掉了。

当王后所生养的肉球下地时，隐藏了这肉球的先把它放在一锅沸水中，好好煮了一阵，估计烈火业已把它煮烂了，就连同那口锅子，假称这是国王赏赐某某大臣的羊羔，设法运送出宫。出宫以后，抬到大江边去，乘上特备的小船，摇到江中深处，把那东西全部倾入江中，方带了空锅回宫复命。

这肉球载浮载沉一直向下游流去，经过了七天七夜，流到另外一个地方，被一个打鱼的老年人丝网捞着。渔人把网提起一看，原来是个极大肉球。把肉球用刀剖开，见到里面有一朵千瓣莲花，每一花瓣，皆有一个具体而微非常之小的人，弄得渔人异常惊吓。只听到那些小人说：“快把我送进你们国王那边去。你就可得黄金千块，白银千块。”

渔人不敢隐瞒下去，即刻用丝网兜着那个肉球，面见国王，且把肉球呈上。那国王正无子息，把肉球弄开一看，果然稀奇。因此就赏了渔人金银各一千块，渔人得了赏赐，回家做富翁去了，不用再提。这肉球中小人，却因为在日光空气与露水中慢慢长大，为时不久，就同平常小孩一般无二了。这个好事国王，于是凭空多了一千个儿子，上下远近，皆以为这是国王积德，上天所赐。

这一千小孩到十六岁时，莫不文武双全，人世少见。到了二十岁时，这一千个儿子，便被国王命令，派遣到邻国去战征，各人骑了白马，穿戴上棕色皮类镂银甲胄，直到另一国家皇城下面挑战。凡个人应战的无不即刻死去，凡部队应战莫不大败而归。这样一来，竟使城中那个国王，无计可施。

官家方面等待到自己无计可施时，于是只得各处贴上布告，招请平民贡献意见，且悬了极大赏格，找寻能够击退外敌的英雄。

山中母鹿所生的那个女人，知道这是自己的孩子来此胡闹。便穿了破旧衣服，走到国王处去陈说她有退兵办法，请求国王许可，尽她上城一试。得了许可，走上城去，那时城下一千战士，正在跃马挺戈，辱骂挑战。但见城上一面大旗子下，站下一个穿着褴褛、相貌平常的妇人，觉得十分稀奇，就各自勒着缰辔，注意妇人行为。

那妇人开口说道："你们这些小东小西，来到这里胡闹什么？我是你们的母亲，这里国王是你们的爸爸，还不去丢下刀枪，跳下白马。"

其中就有人说："你这疯婆子，你说你是我们的母亲，把我们一个证据。"

女人嘱咐各人站定，把嘴张开，便裸出双乳，用手将乳汁挤出，乳汁齐向城下射去，左边分为五百道，右边也分为五百道。一千战士口中，无人不满含甜乳。这一千战士业已明白城上妇人即为生身母亲，不敢违逆，放下武器，投地便拜。

一切弄得明白清楚以后，两国战事自然就结束了。两个国王因为这一千太子生于此国，育于彼国，故到后就共同议定，各人得到五百儿子。至于那个母亲，自然仍为这一千儿子的母亲，且仍然回转到王宫中做了王后。二十年来使这王后蒙受委屈的一干妇人，因为当时还同谋煮过太子，便通通为国王按照国法捉来放到火中用胡椒火烧死了。

当初那个山中母鹿生养的女人，其所以能够在委屈中等待下去，一面因为受的是隐士熏陶，一面也正因为自信美丽，以为自己眉目发爪，身段肌肤，莫不是世所稀少的东西，国王既为这份美丽倾倒于前，也必能使国王另外一时想起她来，使爱情复燃于后。因此所遭受的，即或如何委屈，总能忍耐支持下去。如今却意料不到有了一千儿子，且正因为这一千儿子，能够恢复她那个原来地位。但她同时却也明白了她其所以受人尊敬处，只是为了这一群儿子。且明白她如今已老了，再也不能使那个国王，或其他国王，把戴了嵌宝镶珠王冠的尊贵头颅，俯伏到她的脚边了。她明白了这些事情时，觉得非常伤心。

她想了七天，想出了一个极好计策。同国王早餐时，就问国王说："亲爱的人，你还记不记得我在山中时节的样子？"

国王说："我怎么不记得？你那时真美丽如仙！"

"亲爱的人，你还记不记得你向我求婚时节的种种？"

"我记得十分清楚，我为你的美丽如何糊涂！"

"亲爱的人，你还记不记得我们结婚以后出宫以前那些日子的生活？"

"那些事同背诵我自己顶得意的诗歌一样，最细微处也不容易忘记。你当时那么美丽，这种美丽影子，留在我心中，就再过二十年，也光明如天上日头，新鲜如树上果子。"

女人听到国王称赞她的过去美丽处，心中十分难受，沉默着，过一会儿就说：“我被仇人陷害出宫，同你离开二十年，如今幸而又回到这宫中来了，一切事真料想不到。我从前那些仇人全被你烧死了，现在却还有一个最大的仇人，就在你身边不远。我已把这个仇人找得。我不想你追问我这仇人姓甚名谁，我只请求你宣布她的死刑，要她自尽在你面前。若你爱过我，你答应了我这件事。”

国王说：“就照你意思做去，即刻把人带来。”

这女人就说她当亲自去把那仇人带来。又说她不愿眼见到这仇人自杀，故请求国王，仇人一来，就宣布死刑，要那个人自杀，不必等她亲自见到这种残酷的事情。说后，王后就走了。

不到一会儿，果然就有个身穿青衣头蒙黑纱手脚自由的犯人在国王面前站定了，国王记起王后所说的话，就说：“犯罪的人，你如今应该死了，你不必说话，不必分辩，拿了我这把宝剑自刎了吧。”

那黑衣人把剑接在手中，沉沉静静地走下阶去，在院子中芙蓉树下用宝剑向脖子一勒，把血管割断，热血泛涌，便倒下了。国王遣人告给王后，仇人已死，请来检视。各处寻觅，皆无王后踪迹。等到后来国王知道自杀的一个仇人就是王后自己时，检查伤势，那王后业已断气多时了。

那王后自杀后，国王才明白她所说的仇人，原来就是她自己的衰老。她的意思同中国汉武帝的李夫人一样，那一个是临死时担心自己丑老不让国王见到，这一个是明白自己丑老便自杀了。

为张家小五哥辑自《莲花太子经》

一九三三年七月十八日成于青岛

一九三五年十一月二十六日改于北平

○ ○ ○ 一个农夫的故事

那个中年猎户，把他为了一个未完故事，找寻雁鹅十六年的情形，前后原因说过后，旅馆中主人就说："美丽的常常是不实在的，天空中的虹同睡眠时的梦，都可为我们做证明。不管谁来说一句公平话，你们之中有相信雁鹅会变人的这种美丽故事吗？你们说，这故事是有的，那就得了。"

除了其中一个似通非通的读书人，以为猎人说的故事是在讽刺他以外，其余诸人都觉得这故事十分有味。但当主人把这个话问及众人时，由于谁也不知道说谎，故谁也不敢说他曾经在某个地方，也同样遇到过这种有人性的雁鹅同乌龟。可是当中却有个年轻农人，身个儿长长的，肩膊宽宽的，脸庞黑黑的，带着微笑站起身来说："我并不见到过一只善变的鸟，可知道人类中有种善变的人。若这件事也可以为猎鸟人的故事做一个证明，我就把这故事说出来，请诸位公平裁判。"

许多人都希望把故事说出以后，再来评判是非，看看是不是用一个新的故事能代替那个猎人旧的故事。大家盼望他即刻把故事说出来，异口同声请他快说，且默默地坐下来听那故事。

农人于是说了下面一个故事。

某个地方，有姊弟二人，姊姊早寡，丈夫死后只留下一个儿子。为时不久，她也得了小病死去。死去之后，这孤儿便同他舅父两人一同住下，打发每个日子。孤儿年纪到二十岁时，同他舅父两人都在京城一个衙门里办事。两人正直诚实，得人敬爱。只因为那个国家阶级制度过严，大凡身居上位，全是皇亲国戚，至于寒微世族，则本人即或如何多才多艺，如何勤慎守职，皆无抬头升迁希望。那国家一时又还不会发生革命，因此两人在衙门里服务多日，地位尚极卑微。那时本国恰巧发生饥荒，人皆挨饿，京城内外，无数平民皆无食物可得，死亡极多，情形很可怜悯。那国家读书人虽不少，却同别的国家读书人差不多，大都以为自己既已派定读书教书，有关政治问题，诸事自有各级官吏负责，不能越俎代庖。至于官吏，当然不会注意这类事情。舅甥两人见到这种情形，十分难受，知道国王大库藏里，收了许多稀奇宝物，毫无用处，许多金钱银钱，毫无用处，许多粮食，也毫无用处。两人就暗地商量："我们职务既那么卑微，国家现状又那么保守，照这样情形下去，想要出人一头，再来拯救平民，不知何年何月，方可办到。若等革命改变制度，更是缓不济急。如今库里宝物极多，别的有用东西更多，不如想办法取点儿到手，取得以后，分给京城各处穷人，这样做去，不算坏事。"

两人都觉得这事不妨试做一下，对于穷人多少有些好处。

对于多数别人有益，自己即或犯罪受罚，并不碍事。两人商量停当以后，就只等候机会来时，准备动手。

机会一来，两人就在库房外某处，挖一大洞，两人爬将进去，取出不少实用东西。

天亮以后，管库大臣发现了库旁有一大洞，直通内里，细加察看，就知道晚上业已有人从这地洞搬去东西不少。到各处探听，都说本城若干穷人住处，半夜深更，忽然有人从屋瓦上抛下不少布帛食物、钱财宝贝。那时只听到有人在门外说话，十分轻微，“国王知道你们为人正直，生活艰难，派我来赠给你们一些东西。事出国王好意，不必怀疑，收下就是。”开门一看，渺无一人。东西俱在，当非做梦。一切东西既不知真实来源，故第二天天明以后，胆小怕事的人，以为横财之来，不能随意受用，就赶忙把夜来情形，禀告本街保甲，听候裁夺。有些人自然信以为真，充满对国王好心的感谢，就受用了。管库大臣得到报告，赶忙把一切原委禀告国王。国王听说，心中十分纳闷，不明究竟。以为这无名盗贼，既盗国库，又施平民，于法不可原谅，于理实难索解。当时就吩咐管库大臣：“暂且不必声张，走露风声，且等数天，好好派人照料库中，到时一定还有人来偷取东西，见他来时，把他捉来见我。小心捉贼，莫令逃脱，更应小心，莫加伤害。”

舅甥二人，其一以为国王还不知道这事，必是管库官吏怕事，不敢禀闻，其一又以为国王当已知道这事，但知盗亦有道，故不追究。两人猜想虽不一致，结论皆同：稍过一阵，风声略平，便再冒险去库中偷盗，必使京城每个正直平民，皆得到些好处，方见公平。

为时不久，又去偷盗，到洞口时，外甥就说：“舅父舅父，你年纪业已老迈，不大上劲。我看情形，也许里边有了防备，你先进去，若为衙兵捕获，无法逃脱，不如我先进去。我身体灵便如猴子，强壮如狮子，事情发生时，容易对付。”

那舅父说：“你先进去，那怎么行？我既人老，应当先来牺牲，凡有危险，也应先试。”

“哪里有这种道理？若照人情，不管好坏，我应占先。”

“若照礼法，我是长辈，你无占先权利。”

但这种事既非礼法所奖励，也非人情所许可，致甥舅两人，到后便只好抽签决定。结果轮到舅父先入，那外甥便说：“舅父舅父，我们所作事情，并非儿戏！若两人被捉，一同牵去杀头，各得同伴，还有意思。若不杀头，一同充军，路上也不寂寞。若一人被捉，一人逃亡，此后生活，未免无聊。故照我意思，我要发誓，决不与舅父因患难分手。”

舅父说：“一切应看事情，斟酌轻重，再定方针。”

那舅父于是十分勇敢，探身进洞。刚一进洞，头尚在外，就已为两只冰冷的手，拦腰抱定，无从挣扎。且听人说：“守了你们十天，如今可捉到手了！”外甥用手抱定舅父头颅不放，还想救出舅父。这舅父知道身入网罗，已无办法可以逃脱，恐为时稍缓，外甥也将被捉，同归于尽，两无裨益。这时要外甥走去，他又必不愿意单独走去，并且纵即走去，天发白后，人还可从他的相貌看出，原系甥舅两人同谋。这舅父为救外甥，临时想出一计，急告外甥说：“伙计伙计，我如今已无希望了。我腰已被人用刀铡断，不会再活。两人同归于尽，实在无益。我已老去，我应死了。你还年轻，还可为那些穷人出力帮忙。如今不如把我头颅割下带走，省得为人认识，出做官吏的丑。此后你自己好好生活，不要为我牺牲难受。”

外甥听说，相信舅父腰身当真被人铡断，不能再活，不得不忍痛把他舅父头颅割下，就此走去。

天明以后，管库大臣又把一切情形禀告国王，且同时禀明盗贼之死，并非兵士罪过，只为贼人心虚，恐怕同伴受累，故牺牲自己，让同伴把头割去。还有伙伴一人，不知去向。国王又说不必声张，并且下一秘密命令，把这无名无头死尸，抬出库房，移放京城热闹大街上去，派人悄悄注意，凡有对死尸流涕致哀的，就是贼首盗魁，务必把他活活捉来，不能尽其逃脱。

这无名死者，当天果然就陈尸十字街头。国中人民，不知究竟，争来看这稀奇死人，车马络绎，不知其数。这外甥听说，故意赶一大车，装满柴草，从城外来。车到尸边时节，正当车马拥挤满街，把鞭一挥，痛击马身数下，马一蹶蹄，就把车上柴草倾倒，半数柴草，在尸左右，半数柴草，直压尸身。计已得售，这年轻人便弃下车辆，从人丛中逃去。

天晚以后，大臣觐见国王，又把这事禀告国王，且请示国王，那堆柴草，应当如何处置。国王又说："不必声张，做愚蠢事。只须好好伺候，为时不久，必有人来纵火，见人纵火，就为我捆定送来，我要亲自审问。"

大臣无言退下，如命转告守尸兵士，小心有人纵火。

这外甥明知尸边必有无数兵士，看守尸身，准备捉人，若冒昧前去，就得上当。因此特别雇请十个小孩，身穿红衣，手执火把，如还傩愿，各处游行。游行已惯，再到尸边，把火炬向柴草投去，向黑暗中逃脱，不再过问。小孩得钱，各个照样做去，手执火炬，跳舞踊跃，近尸边后，就把火炬向尸投去，尸上柴草皆燃，人多杂乱，依然无从捉人。

尸被火化以后，大臣又把这事禀明国王，国王又说："不必声张，这有办法。只须好好注意，再过三天，有谁来收骨灰，就是这人，一定为我捉来，不可再令漏网。"

这时守在骨灰边已换了一队精明勇敢的皇家兵士。这外甥知道皇家兵士爱喝好酒，便特别备了两坛好酒。这酒味道酽冽，醉人即倒。他自己则扮成一个卖酒老商人，到兵士处每日卖酒。为时不久，就同守备兵士要好结交，十分信托，愿意把酒赊给兵士了。兵士因守夜多日，十分疲倦，又因粮饷不多，不能畅饮，如今既可赊酒，不责偿于一时，就无所顾忌，尽量大喝。等到每人各皆醉倒，睡眠在地不省人事时，这外甥明白机会已到，便十分敏捷，用酒瓮装好骨灰，离开那个地方。

天明以后，兵士方知骨灰业已被那聪敏贼人偷去。大臣把这事第四次禀告国王时，国王仍然不许声张，心中打算："这贼狡慧不凡，一切办法，皆难捉到，应当想出另外一条巧妙计策，把他捉来！"

国王独自一人想了三天三夜，一个巧妙的设计被他安排出来了。

国王想出的计策，也同古代一般做国王的脑子所想出的相似，知道有若干种事情，任何方法无从解决时，就应当用女人出面解决。本国历史上照例有极大篇幅，记载了这类应用女人的方法。他知道捉这狡猾的贼人，如今又得应用这方法了。便把一位最美丽最年轻的公主，着意打扮起来，位置她在一个单独宫殿里。那小小宫殿，建筑在一条清澈见底的河边，除了公主同一群麋鹿在花园里过日子外，就似乎无一个其他生人。同时又用黄金为公主铸好四座极美丽的金像，用白石为基，安置到京城四隅公共广坪中去，使人人知道公主如何标致美丽。

国王这个公主，既美丽驰名，为国中第一美人，如今又只是一人独在临河别宫避暑，这外甥各处探听，皆属实情，就想乘夜到这公主住处去，见见公主。他早已知道国王意思，不过用公主做饵，想捕捉他，且知道沿河两岸及公主住处附近，莫不有兵士暗中放哨，准备拿人。他因此想出一个主意，抱一大竹，顺流由河中下行，且做出种种稀奇古怪声音，让两岸听到。每度从公主宫殿前边过身时，他又从不傍岸。他的意思，只是故意惊扰哨兵，使沿岸哨兵为这古怪声音惊醒，但看看河中，又毫无所见。一连两月，所有哨兵皆以为做这声音的，非妖即怪，不如不理。

且以为河上既有怪物，贼人不是傻子，自然也不会从河中上岸。从此以后，便对沿河一带，疏忽许多。

因此有一个晚上，这青年男子，便抱一段长竹，随水浮沉下流，流到公主独住宫殿前面时，冒险上了河岸。上岸以后，直向公主住处小小宫殿走去。

公主果然独身在她那睡房里，别无旁人。那时业已深夜，各处皆极安静，公主房中只一盏小小长明纱灯。那公主穿了一身白色睡衣，躺在床上还未睡眠，思想做爸爸的国王，出的主意真是不可解。她以为这样保护周密，即或有人爱她想她，哪里会有力量冒险跑来看她？她又想："如果有人来了，我让他吻我，还是一见他我就喊叫捉贼？"正想到这些事情时，忽然向河边那扇小门开了，走进来一个身穿黑衣的年轻男子，在薄明灯光下，只看得出这男子有一双放光眼睛同一个挺拔俊美的身材。

年轻男子见到了公主，就走近公主身边，最谦卑地说明了来意，那分风度，那些言语，无一处不使公主中意。他告她，只为了爱，因此特意冒险来看看她。公主如不讨厌他，愿意给平民一点儿恩惠，他只需要在她脚下裙边接一个吻，即刻被缚，也死而无怨了。

那公主默默地看了站在面前的年轻人好久，把头低下去了。她看得出那点儿真诚，看得出那点儿热情，她用一个羞怯的微笑鼓励了他的勇气。她鼓励他做一个男子，凡是一个男子在他情人面前做得出的事，他想做时，她似乎全不拒绝。

但当这年轻荒唐男子想同这个公主接吻时，公主虽极爱慕这个男子，却不忘记国王早先所嘱咐的一切，就紧紧地把这陌生男子衣角抓定，不再放松，尽他轻薄，也不说话。

年轻人见到公主行为，明白那是什么意思。

“美丽的人，怎么牵我衣角？你若爱我，怕我走去，不如捉我这双手臂。”他似乎很慷慨地把两只手臂递过去让公主捏着。

公主心想：“衣角不如手臂，倒是真的。”就放下衣角，捉定手臂。

但那双手冷得蹊跷，同被冰水淋过的一样。

“你手怎么这样冰冷？”

“我手怎么不冷？我原是从水中冒险泅来的。现在已到秋天了，我全身都被河水浸透，全身都这样冰冷！”

“那不着凉了吗？”

“美丽的人，不会着凉。我见你以后，全身虽结了冰，心里可暖和得很，它不久就能把热血送到四肢的。”

公主把手捉定以后，即刻就大声喊叫，惊动卫兵。那年轻人见到这种变化，不出所料，依然毫不慌张，万分温柔地说：“亲爱的，我是你的，你如今已把我捉住了，我不用想逃遁，我不挣扎。且让我到帘幕那边去，作为我刚来看你就被你捉住，省得他们对你问长问短。”公主答应了他的请求，隔了帘幕握定他两只手，等到众人赶来时，大家方才知道公主所捉的手，只是两只死人的僵手。原来年轻人早已预备了那么一着，让公主隔了帘幕握定那死人两只手后，自己却从从容容从水上逃走了。

天明以后，大臣又把这事一切经过禀明国王。

国王心想：“这人可了不起，把女人做圈套，尚难捕捉，奇材异能，真正少见。”

当时就又用其他方法，设计擒拿，自然只是费事花钱，毫无结果。

公主怀孕十个月后，月满生一男孩，长得壮大端正，白皙如玉。周年以后，国王就令乳母怀抱小孩，向京城内外各处走去，且嘱咐这奶妈小心注意，在任何地方，有人若哄小孩，有父子情，就即刻把人缚好，押解回来。这奶妈抱了小孩在京城内外各处走去，逗引小孩皆为妇人女子，并无一个男子与这小孩有缘。到后一天，小孩饥饿，抱往卖烧饼处，购买烧饼充饥。这卖烧饼师傅，恰好就正是那个小孩父亲，父子情亲，一见小孩，不觉心生怜爱，逗引小孩发笑。小孩虽还不到两岁，由于父子血缘，互有引力，也显得十分欢喜，在饼师怀抱中，舒服异常。

天黑以后，奶妈把小孩抱还宫中，国王问她，是不是在京城内外遇见几个可疑人物。奶妈便如实禀白："一个整天，并无什么男子与这小孩有缘。只有一个卖饼男子，见小孩后，同小孩十分投契。"

国王说："既有这事，为什么不照我命令把人捉来？"

"他饿了哭了，卖饼老板送个麦饼，哄他一声，不会是贼，怎么随便捉他？"

国王想想，话说得对，又让了这贼人一着，就告奶妈歇歇，明天再把小孩抱去，若遇饼师，即刻揪来。若遇别的可疑人物，也可揪来。

第二天这奶妈又抱了孩子各处走去，城中既已走遍，以为不如出城走走，或者还会凑巧碰到。出城以后，上了一个离城三里的小坡，走得脚酸酸的，就在一块青石板上坐下歇憩，且捡树叶子哄小孩子玩。那时来了一个卖烧酒的男子，傍近身边，卸下了他的担子。奶妈眼见这人很有几分年纪，样子十分诚实，两人慢慢地说起话来，交换了一些意见，一些微笑。奶妈生平从不吃过一滴烧酒，对于酒味，毫无经验。那卖酒人把酒用竹溜子舀出，放在自己口边尝了那么一口，做出神往意迷的样子，称赞酒味。那点烧酒味道实在也还像个佳品，人在下风，空闻酒味，真正不易招架。

奶妈为上风烧酒气味所熏陶，把一双眼睛斜着觑了半天，到后却说："老板老板，你那竹桶里装的是什么，是不是香汤？"

卖酒人说："因为它香，可以说是香汤。但这东西另外还有一个名字，且为女人所不能说，大嫂你一定猜想得到。"

"我猜想，这名字一定是'酒'。我且问你，什么原因，女人就不能说酒喝酒？"

"女人怕事，对于规矩礼法，特别拥护，所以凡属任何一种东西，男子不许女人得到，女人就自己不敢伸手取它。这香汤名字虽然叫作烧酒，因为它香，而且好吃，男子担心你们平分这点儿幸福，故用法律写定，本国女子，没有喝烧酒的权利，也没有说烧酒的权利。"

奶妈心想："法律上的确不许女人喝酒。"但她记起经书，她说："经书上说酒能乱性，所以不许女子入口。"

那男子不再说话，只当着奶妈面前喝了一大口烧酒，证明经书所说，荒唐不典，相信不得。实际上他喝的却是清水，因为他那酒桶，就有机关，又可储水，又可贮酒。

"你瞧，酒能乱性，我如今喝的又是什么！圣书同法律一样，对于女人，便显见得特别苛刻。你不相信这是好东西吗？"

那奶妈说："我不相信。"

那男子正想激动她的感情，就说："不要说谎骗人，也不要用谎话自欺，你相信法律，也相信圣书。"

奶妈由于赌气，心不服输，把一只手向卖酒人这方面伸出，不即缩回，把眼微闭，话说得有一点儿发急发恼："我来一杯，来一滴，我不相信那些用文字写的东西了，我要自己试试。"

卖酒人先不答应，他说他是个正派商人，在国王法律下谋生混日子，不敢担当引诱平民女子犯法的罪名。他还装成即刻要走的神气，站起身来。

奶妈到这时节真有些愤怒了，一把揪定他的酒担，逼那卖酒商人交出勺子，非喝一口烧酒，决不放他脱身。卖酒商人仿佛忍着委屈，递了一小盏烧酒到奶妈手中后，就站在一旁，假装极不高兴神气，背过身去，不再望着奶妈。他就知道这一盏酒，对于一个妇人，能够发生如何效果。一切情形，不出所料，顷刻之间，药性一发，这女人便醉倒了。卖酒人便把小孩接抱在手，让奶妈抱一酒瓮，留在路上。这个国家从此也就不再见到这个卖酒人了。

这年轻人得到了自己同公主所生小孩后，想法逃到了邻近国王处去。觐见国王时，为人既仪表不俗，应对复慧辩有方，畅谈各事，莫不中肯。国王心中十分欢喜，便想封他一个爵位，只不知道何种爵位比较相宜。那时正当国家文武考试，这年轻人不愿无功受禄，就用另一姓名，秘密投考，已得第一，又戴好面具，手执标枪，骑一白马，去同一个极强梁的武士挑战，结果又把这武士打倒。国王知道这人智慧勇力，皆为本国第一，其时正无太子，就想立他作为太子。

那国王说："远处地方来的年轻人，我虽不大明白你的底细，我信托你。你的文采是一匹豹子，你的勇敢像一只狮子，真是天下少有的生物。我这时没有儿子，这份产业同一群可靠的人民，全得交给一个最出色的英雄接手管业。如今很想把你当作儿子。你若答应，你想得一女人，这里五族共有七个美貌女子，尽你意思挑选。看谁中意，你就娶谁。"

那年轻人见国王待他十分诚实坦白，向他提议，不能不即刻答复，就禀告国王："国王好意，同日头一样公正光明，我不敢借口拒绝。做太子事，容易商量。关于女人，我心有所主，虽死不移。若国王对这事有意帮忙，请简派一个使臣，过我本国国王处，为我向他最小公主求婚。若得允许，我愿意在此住下，为王当差；若不允许，我得走路。”

这国王听说，当时就简派大使，携带无数珍奇礼物，为年轻人向那国王公主求婚。先前那个国王，素闻邻国并无太子，心知必是那个贼人，就慨然应诺。但告使臣有一条件，必得履行，公主方可下嫁。这条件也并不算苛刻，只是应照礼法，到时必须太子自来迎亲，方可发遣。使臣回国复命时，就详细禀告一切。

年轻人听到国王条件，心怀恐惧，以为若回国中，国王一见，必知虚实，发觉以后，定然捉牢不放。但一切既已定妥，若不前去，则又近于违礼，且俨然懦怯不前，将为人所轻视。便启请国王，商量迎亲办法，以为若往迎亲，必有五百骑士护卫，以壮观瞻。希望这五百骑士，人马衣服鞍辔，全用同一式样，同一颜色。

国王依言，即刻派定五百年轻骑士，各穿紫色衣甲，身骑白马，用银鞍金勒，王子也照样扮扎停当，二百五十个骑兵在前，二百五十个骑兵在后，迎亲王子，藏在其中，直向那年轻人本国走去。一行人马到地以后，五百零一个骑士，便集合排成一队，同在国王面前，向王敬礼。鹄立大坪中，听王训令。随行大臣禀告国王，太子已到，请见公主。

那国王一见骑士队伍，就知道贼在其中，毫无疑问。细心观察一阵过后，便骤马跑入迎亲队伍中间，捉出一人，并骑急驰而去。

年轻人既已被捉，心中便想，若未入宫，必有办法可以脱身。一旦入宫，欲再出宫门，事不容易。但他这时仍然毫不畏惧，深知命运正在祸福之间，生死决于一人。那时国王把他带入宫后，即疾趋公主花园，把他带见公主，任凭公主发落。公主尚未出见时，国王就向他说：“小小坏蛋，你聪明千次，糊涂一回，前后计谋，巧捷无比，事到如今，还有话说么？”

年轻人说：“诸事是我所做，我无话说。我只请求国王，当公主面，公平处置。若我所做所事，应受国法惩治，我不逃避。若我还有理由可以自由，我也愿意国王，不必请求，并不吝惜这点儿恩惠。”

公主正因想及小孩，不知小孩去处，心中发愁。出时眼泪莹然，斜睇这年轻男子，虽事隔两年，当时正值黑夜，面目不分，如今衣服改变，一望就知这人正是那夜冒犯入宫的巧贼。公主心中怨爱纠缠，默然无语。

国王一看已知情形，就说：“年轻男子，你既愿得公主，公主现在已归你所有！”回头又向公主说，“这贼聪明狡黠，天下无双，这次交你看守，好好把他捉牢，莫让这贼又想逃脱！”国王说完，自己就骑马跑去了。

到后这年轻男子，便当真为公主用爱情捉牢，不再逃走了。他既做了两国要人，两个国王死后，国土合并，做了国王。这个国王，就是一本极厚历史所说到的无忧国王。

故事说毕，人人莫不欢悦异常。但其中有个研究历史的学者，以为故事虽空幻无方，益人智慧，大家欢喜，也极自然。唯这个善变的人所有历史，既说已有一本极厚书籍说到，他想知道这书名称、版本、形式，希望说故事的人皆能一一说出，他方能承认事非虚构。因为他是一个历史学者，若不提“史”，他不过问，若提及史，他要证据。

那年轻农人，把一双为火光熏得微闭的眼睛，向历史学者又狡猾又粗野地做了一个表示，他说：“要问历史是不是，第一，我就认得那个王子。不要以为稀奇，我还认得那个舅父。不要惊讶，我还认得那个公主同皇帝！”那历史学者茫然了。农人看到那学者神气十分好笑，且明白自己几句话已把这个历史学者引入了迷途，故显得快乐而且兴奋。他接着说，“历史照例就是像我们这种人做出说出，却由你们来写下的。如今赶快拿出你的笔，赶快记下来，倘若你并没看过这本书，此后的人还以为你记下的就是那一本书了。你得好好记下来，同时莫忘记写上最后一行：‘说这个故事的是一个青年农人。他说这个故事，并无其他原因，只为他正死去了一个极其顽固的舅父，预备去接受舅父那一笔遗产：四顷田，三只母牛，一栋房子，一个仓库。遗产中还有一个漂亮乖巧的女子，他的表妹。他心中正十分快乐，因此也就很慷慨地分给了众人一点儿快乐。’这是说谎，是的。这算罪过吗？你记下来呀，记下来就可以成为历史！”

大家直到这时方明白，原来一切故事全是这个年轻农人创造的，只有最后几句话十分真实。原来谁也不希望述说的是一段历史、一段真事，故这时反觉得更多喜悦。其中只有那个历史家十分生气，因为他觉得历史的尊严，不应当为农人捏造的故事所淆乱。但这也不过一会儿的事，即刻他又觉得快乐了。他虽不曾看过那么一本关于无忧王厚厚的书，他从农人的口中，却得到了一个假定的根据，他疑心另外一个地方，一定曾经有过这样一本厚厚的书。他不相信这故事纯粹出于农人自造，却疑心这是一个“历史的传说”，当真他就把这故事记到他一册厚厚的历史稿本上去了。

为张家小五辑自《生经》

一九三三年四月于青岛

○ ○ ○ 医生

这世界上，有多少害病的人，就有多少人对于医生感到不大愉快。这也正是当然的道理。的的确确，这个世界上，由于他们那种无识、懒惰、狡猾，以及其他恶德，有很多医生，是应当充军或用其他同类方法来待遇的。有许多医生，应得的一份，就正是一个土匪一个拐骗所得的那一份。但这并不是一种普遍的情形。世界上各个小小角隅都有很好的医生，既不缺少一个软和的灵魂，又知道如何尽职，知识也十分够用。

可是凡在说故事上提到什么医生时，我们总常常想说，这是一个有法律保障的骗子。即或他不是骗子，但他的祖先，还是出于方士同巫师，混合了骗术与魔术精神，继续到这世界上存在的。许多性情和平的老妇人，一见到医生，就不大高兴。许多小孩子，晚上不梦到手执骷髅的妖魔，总常常梦到手执药瓶的医生。

因此那一批商人，留住在那个名为金狼旅店的客寓中，用故事消磨长夜的时节，就有一个从前曾做过兵士的，说了一个医生的故事，把这故事结束到极悲惨的死亡里。这兵士说："……这方法是那地方人处置盗匪的，恰恰也给这个骗子照样地布置了。"

把故事说完后，有赞成的，有否认的。各人如对别的其他事情一样，不外乎用自己一点点经验来判断一切。有些人遇到过很好的医生，就说凡是医生绝对不坏，有些人在某时曾吃过医生的亏的，就又说在十个医生之中不会有一个值得敬重的好东西。

其中有个毛毯商人却说："既然有人从医生故事上说过医生的恶德，也应当有人来从医生的故事上证明医生的美德。我们这里二十一个人，看看是不是有人记得到这样一个故事？”

大家都没有这种故事，故售毛毯商人又说：“我倒有这样一个故事，请大家放安静一点儿，听我把故事说出来。”

大家自然即刻就安静下来了，下面就是这个故事。

医生罗福，为人和平正直，单身住家在离京都三百里左右一个地方，执行业务。平生只有一个女儿，嫁给京都一个读书人。因来都城看望女儿，就搁下事业，在京城住了些日子。有一天听人说，大觉寺有法师讲经，十分动人，全城男女，皆往听经。凡到过那法师身边的，莫不倾心佩服。故这医生，也就走去听听。听经以后，出庙门时还觉得那法师有一分魔力，名不虚传。那天法师讲的是牺牲精神，说到东方圣人当年如何为人类牺牲，也如何为畜类牺牲，在牺牲情形中，如何使生命显得十分美丽。这法师不谈牺牲果报，只谈牺牲美丽，因此极其为这医生钦服。出庙门后，医生就心想，一个人若能够为一个畜生也去受点儿苦，或许当真这痛苦也可以变成一份快乐。

这医生从一个穿珠人家门前过身，看到那个穿珠人手指为针戳伤，流血不止，正无办法，心生怜悯，照着乡下医生的慷慨精神，不必别人招呼，就赶忙走过去为这穿珠人止血，用药末带子，好好把这受伤人调理妥帖。那时穿珠人正为国王穿一珠饰，有一粒大珍珠在盘盂内。这医生按照当时风气，身穿红衣，映于珠上，珍珠发红，光辉炫目，如大桑葚。穿珠人因医生好意替他照料伤处，十分感谢，就进屋里取一些点心，款待客人。那时有一只白鹅，见着珍珠，如大桑葚，不问一切，就把它一口吞下。若这鹅知道这是珠子，并不养人，除了人类很蠢，把它当成宝物以外，别的生物，皆无用处，就不至于吃下这东西了。穿珠人取了点心出来请客时节，记起宝珠，各处寻觅，皆不再见。这宝珠既为宫中拿出，值价自然非常贵重，穿珠人家中并不富裕，若真失去，如何可以赔偿？心想铺里并无别种罅穴，可以藏下这颗珠子，并且决无另一生人，把珠拿去，现在事情，不出这医生所作所为。就向医生询问："见我珠吗？"

医生就说："没有看见。"

医生说话虽极诚实，仍不能使穿珠人相信，故这穿珠人又告他这珠归谁所有，安置何处，手指盘盂，一一说给医生。

这医生见鹅吃珠时节，以为吃的只是一颗桑葚或草莓，不甚介意，今见穿珠人脸上流汗，心中发急，口说手比，心中清楚，这珠此时正在白鹅腹中。医生心想：我一说明，这鹅即刻就得杀去，方便取珠。当设一计策，莫使鹅死。但如何设计，方能保全这扁毛畜牲性命，倒很为难。因记起先前一时法师所说各种牺牲之美丽处，故决心不即说出，等候再过一时，鹅把珍珠从大便中排出以后，再来说明。鹅命虽小，若能救此小小性命，另一体念，当可证明。医生既做如此打算，故不说话。

那穿珠人，眼看医生沉默不语，疑心特增，便说："我这宝珠分明放在盘中，房中又分明只你一人，赶快退还，莫开玩笑。若不退还，一定得大家认真变脸，你会受苦。今天这事，不要以为一言不发，就可了事。今天事情，决不容易轻轻了事。"

医生心想："用自己痛苦，救别的生命，现在不说话，尽其生气，只望一时不即杀鹅，小小痛苦，不甚要紧。"

医生仍不说话，只是摇头，表示这珠并非自己拿去，且解衣脱鞋，尽穿珠人各处搜索。但穿珠人问及"不是你拿是谁拿去"，医生又不想说谎，就索性不答不理。

穿珠人越问越加生气，先尚看到医生神气忠厚实在，以为不像盗贼。现在看来，就觉得医生行为，实在有意装傻。

医生眼看穿珠人生气样子，知道结果必有苦吃。四向望望，无可怙恃。身加鹿獐，人围落网以后，便无法逃脱。但也不想逃脱，只是静待机会，等候吃亏。一面心想法师所说："生活本极平凡，实无多大趣味，使一人在平凡生活之中，能领会生命，认识生命，人格光辉炫目，达到圣境，节制、牺牲，必不可少。"于是端正衣服，从容坦白，仿佛一切业已派定，一切无可反抗，如今情形，只是准备挨打，不必再做其他希望。

穿珠人看到这个医生神气，就说："你既拿了我的珠子，不愿退还，做出这种神气，难道预备打架吗？"

医生微笑说："谁来同你打架？你说我把你珠宝偷去，我无话说。若说不偷，这宝珠又当真因我来到铺中失去。若说偷去，又退不出。我先前沉默，只是自己身心交战；现在准备，只是尽你处罚！"

穿珠人看到这医生疯疯癫癫，不可理喻，就说："不要装傻，装傻不行。绳子、鞭子，业已为你准备上，好，再不承认，就得动手！"

医生心中想起法师格言：

身体如干柴，遇火即燃烧；希望不燃烧，全靠精神在。
牛马皆有身，身体不足贵。人称有价值，在能有理想！

这医生既认为应为理想的高贵，尽身体忍受一切折磨，故虽明知穿珠人业已十分愤怒，鞭棒即刻就得加于身体，仍然微笑不答，默然玩味另一真理，一切全不在意。

穿珠人忍无可忍，就尽力鞭打这个医生。那时医生两手并头，皆已被缚，不能动弹，四向顾望，不知所逃。鞭子上身，沉重异常，流血被面，眼目难于睁开。轻轻地自言自语："为一只小鹅牺牲，虽似乎不必，但牺牲精神，自然极其高贵。一切牺牲，皆不自私。为人类牺牲自己，目前世界，已不容易遇到，我所遭遇，可以训练自己。每人生活，若皆只图不痛不痒，舒适安逸，大猪同人，并无分别。我的所为，只在学习来用自己精神，否认与猪同类。"

穿珠人打了医生一阵，看到医生头脸流血，毫不呻吟，询问医生："傻子，你有甚话说，只管说来。"

医生说："没有话说，说即更傻。只请不要单打头部。我这肩背各处，似乎比头稍稍结实，若不愿意一下把我打死，必须拷出结果，请打肩背。若这种行为，不至于使你疲倦，一两天内，你那宝珠仍然可望归回。"

穿珠人以为这医生倔强异常，直到这时，还说笑话，就大声辱骂："不用多说空话，装傻装疯，以为因此一来就可让你逃走！"于是重新把手脚缚定于屋柱上，加倍鞭打。并且用绳急绞，因此这医生到后鼻孔口中，皆直喷血。

那时那只白鹅，见地下有血，各处流动，就来吃血，穿珠人把鹅嗾去，不久又复走来。引起瞋愤，就一鞭一脚，把鹅即刻打死。

医生听鹅在地下扑翅声音，眼睛不能看见，就问穿珠人道："我的朋友，你那白鹅，如今是死是活？"

穿珠人闷气在心，盛气而说："我鹅死活，不关你事。"

医生极力把眼睁开，见白鹅业已死去，就长叹了好些次数，悲泣不已，独自语言："担心你受苦，我为你牺牲，若早知你因此死去，也许我早说，主人为爱你，反不至于死去！"

穿珠人见状稀奇，不知原因，就问医生："这鹅同你非亲非戚，它死同你有甚关系？自己挨打，不知痛苦，一只小鹅，使你伤心到这样子！”

医生说：“我本为它牺牲，训练自己，想不到为它牺牲，反使它因此早死。我的行为稍稍奇特，因为我有理想。所想的好，做到的坏，愿心不满，所以极不快乐！”

穿珠人说：“你想什么，你愿什么？”

医生就告这穿珠人一切事情经过。

那时穿珠人将信将疑，赶忙把鹅腹用刀剖开，就在白鹅嗉囊里，掏出那颗大珠。因鹅吃下不少鲜血，珠浴血中，红如血玉。穿珠人见到宝珠以后，想起医生行为，以及自己行为，就大声哭泣，爬伏医生脚下，向医生做种种忏悔，不知休止。

医生那时已证明牺牲的美丽处，不用穿珠人说话忏悔，也能原谅那种愚蠢鲁莽行为，只十分客气同穿珠人说：“一切过去，不必算数。劳驾老兄，替我把绳子解解，你这绳子缚得太紧太久了，我脚发木。让我坐坐，稍稍休息，喝杯热水，不会妨碍你工作吗？”

……

这医生这样训练自己，方法倒不很坏。因这次牺牲，他自己也才认识自己生命的价值。因这个故事，所以说这故事的那一位，否认人家对医生的指摘，证明医生中有这样一个人，做过了这样一件事。且说，世界上只要有这样一个医生，也就可以把一切医生罪过赎去了。

这医生大家都承认他可爱，他可爱处，显然是他体念真理的精神。

为张家小五辑自《大庄严论》
一九三二年十月于青岛

○○○猎人故事

有个善于猎取水鸟的人，因为听到另一个人，提及黑龙江地方的雉鸡，行为笨拙，一到了冬季天落大雪时，这些雉鸡就如何飞集到人家屋檐下去，尽人用手随便捕捉。对于鸟类笨拙的形容描写，似乎太刻薄了一点儿，心中觉得有点儿不平。这猎人就当众宣布，他有一个关于鸟类的故事，并不与前面的相同。

大家看看，这是一个猎鸟的专家，又很有了一分年纪，经验既多，所说的自然真切动人，因此表示欢迎，希望他赶快说出来。

这猎人就说："这故事是应当公开的，可是不许谁来半途打岔，这得事先说定。"

大家异口同声应承了这个约束："好的。谁打岔，把谁赶出门外去。"

有人这时走到窗边看看，外面的雨，正同倾倒一样向下直落，谁也不愿意出去，谁也不会打岔！

我十六年前住在北京西苑，有志做一个猎人，还不曾猎取过一只麻雀。那时正当七月间，一个晚上，因为天气太热，恰恰和家中人为点儿小事，又吵了几句，心中闷闷不乐。家中不能住下，就独自在颐和园旁边长湖堤上散步。这长湖是旗人田顺儿向官家租下，归他管业，我们平时叫它作"租界"的。我在这堤上走了一阵，又独自在那石桥上坐下来，吸着我的长烟管，看天上密集的星子，让带了荷叶香味的凉风吹吹，觉得闷气渐消，心中十分舒服。走了一阵，坐了一阵，在家中受的闷气即渐渐儿散尽了，我想起应当回大坪里听瞎子说故事去了。正当站起身时，忽然从那边芦苇里过来了一个人。这人穿了一身青衣，颈项长长的，样子十分古怪。我先前还以为是一只雁鹅，到后我认清楚了他是一个人时，我想起这里常常有人悄悄儿捕鱼，所以看他从芦苇出来，也就不觉得稀奇了。这人走近我身边以后就不动了。原来他想接一个火，吸一支烟。

接了火他还不即走开，站在那儿同我说了几句闲话。西苑我住了很多日子，还不曾见到这样一个有趣味的人。我们谈到“租界”的出产，以及别的本地一些小事。不知如何我们就又谈到了雁鹅，又谈到了生气，说到这两件事情时，那穿青衣的人就说：有个很好故事，欢喜不欢喜听下去？我正想听故事，有人为我说故事，岂有不欢喜道理。可是他先同我定下很苛刻的条件，两人事前说好，不许中途打岔，妨碍他的叙述。听不懂也不许打岔。若一打岔，无论如何就不再继续说下去。我当时自然满口答应。猎鸟的人先就得把沉默学会，才能打鸟，我不用提，自以为这件事顶容易办到。

这穿青衣的人就一面吸烟一面把故事说下去。

有那么一个池塘，池塘旁边长满了芦苇，池塘中有一汪清水。水里有鱼，有虾，有各样小虫。芦苇里有青蛙，有乌龟，有各种水鸟。那个夏天芦苇里一角，住了两只雁鹅同一个乌龟。这两样东西，本不同类，只因为同在一块地方，相处既久，常常见面，生活来源又同样完全来自池塘，故他们正好像身住租界另外某种雅人相似，相互之间，在些小小机会上，就成了要好朋友。两方面既没有什么固定正当的职业，每天又闲着无事，聚在一块儿谈天消磨日子，机会自然就很多了。

他们既然能够谈得来，所谈到的，大概也不外乎艺术、哲学、社会问题、恋爱问题，以及其他种种日常琐事逸闻。不过他们从不拿笔，不写日记，不作新诗，故中外文学家辞典上没有姓名，大致也不加入什么“笔会”。

论性格他们极不相同。他们之间各有个性。譬如那两只雁鹅，教育相等，生活相似，经验阅历也差不多，观念可就不完全相同。雁鹅和乌龟，不同处自然更多了。好在他们都有知识，明白信仰自由的真谛，不十分固执己见。虽各有哲学，各有人生观，并不妨碍他们友谊的建立。

雁鹅在天赋上不算聪明，可是天生就一对带毛的翅膀，想到什么地方去时，同世界上有钱的人一样，都可以照自己愿望一翅飞去，不至于发生困难。性格虽并不如何聪明，所有见闻自然较宽。且从自己身份地位上看来，生活上的方便自由处，远非其他兽类、鱼类、虫类可比，故不免稍稍有点儿骄傲。由于自己可以在空中来去，所见较宽，在议论之间，不免常常轻视一切。对于乌龟的笨拙、窄狭、寒酸、迂腐，以及仿佛有理想而永远不落实际，不能飞却最欢喜谈飞行的乐趣，永远守在一个地方，却常常描写另一世界的美丽，这种书生似的傻处，觉得十分好笑。又因为明白在任何情形下乌龟不会生气，因此就常常称乌龟为“哲学家”“理想主义者”，且加以小小嘲弄，占了点儿无损于人有益于己的小便宜。

至于那个乌龟呢，性格平易静默，澹泊自守，风度格调，不同流俗。生平足迹所经，十分有限，但博闻强记，读书明理。虽对于雁鹅那种自由有所企羡，但并不觉得必须为自己的天生缺点难过。这乌龟有乌龟的人生观，这人生观的来源，似乎由于多读古书，对老庄尤多心得（老庄是两部怪书，不拘何种人，一读了他就可以使他承认现状，满意现状，保守现状，直至于死）。由于读书有得，故这乌龟在生活上一切打算，都够得上平稳无疵。天气热时，他只想在湿泥里爬爬，或过桥洞下阴凉处玩玩；天气比较寒冷时，太阳很好，他爬到石头上晒晒太阳；无太阳时，就缩了头颈休息在自己窠里。这乌龟生活虽极平凡，但能得到一分生活趣味，每一个日子似乎皆不轻易放过。每每默想到《庄子》书中所说："宁为庙堂文绣之牺牲乎？抑为泥涂曳尾之乌龟乎？"便俨然若有所得，以为远古哲人，对于这份生活，尚多羡慕意思，自己既是一个有生命的东西，生活结结实实，就觉得泰然坦然，精神中充满了一个哲人的快乐。

雁鹅不大了解"知足不辱"的哲学，因此以为乌龟是理想主义。乌龟依然记着古书上几句话，从不对于雁鹅的误解加以分辩。这乌龟仿佛有种高尚理想，故能对于生存卑贱处，不以为辱。其实这个乌龟对于比本身还大一点儿的理想，全用不着，他的理想就只在他的生活中。

有一次，他又被雁鹅称呼为理想家，且逼迫到要明白他的理想所归宿处。这乌龟无办法时，就说："我的理想只是：天气清朗时各处慢慢爬去，听听其他动物谈谈闲话。腹中需要一点儿柔软东西填填时，遇到什么可吃的，就随便抓来吃吃。玩倦了，看看天气也快要夜了，应当回家时，就赶快回家去睡觉。我的理想就是这样的，不折不扣，同世界上许多高等人的理想一样。"

乌龟说的话很实在，雁鹅却不大相信，这也是很自然的。这正同许多没有理想的人一样，由于他的朴质，由于他的无用，由于怕冒险、怕伤风、怕遇见生人，生活得简陋异常，却容易与哲人行为相混淆，常常被流俗所尊敬，反而以为是一个布衣哲学家。这种事在乌龟方面虽不常见，在人类可多极了。

照性情、生活、信仰三方面看来，这两只雁鹅同乌龟，不会成为朋友的。可是他们自己也不大清楚，不但成为朋友，且居然成为极好的朋友了。乌龟那种平庸迂腐，雁鹅心中有时也很难受；雁鹅那种膏粱子弟气息，乌龟也不能完全同意。不过这份友谊却是极可珍贵的、难得的，也不会为了这些小事有所妨害的。

他们还都是一个会里面的会员。那会也同人类的什么兄弟会一样，无所不包。他们之间常常用的是极亲昵的称呼，那个称呼为中国人从外国学来，他们又从人类学来的。

有一天，他们吃得饱饱的，无事可做，同在一个柳树桩上晒太阳谈天，一只雁鹅刚从他们自己那个会里，听过猫头鹰那个题为《有翅膀者生存之意义》的演说，复述猫头鹰的话语，给乌龟听听。说道："地球上一切文化同文明，莫不由于速度而产生，换言之，也莫不由于金钱同翅膀而外生。人类虽有金钱，可无翅膀，故人类中就有许多人，成天只想生出翅膀。但翅膀为上帝独给鸟类的一份恩物，故报纸上载人类的飞机常常失事，就从不见到什么报纸载登什么鸟类失事。由此可知鸟类为万物之灵，为上帝的嫡亲的儿女。至于其他……"

这雁鹅记起朋友是乌龟，不好再说下去了。为了不想给朋友难堪，他随即又很谦虚地说："老兄，照我想来，速度产生文明是无可否认的，因为他可以缩短空间距离。凡是有翅膀的东西，他本身自然重要一点儿，或者说自由一点儿。……我只说，比别的东西生活自由一点儿。这自由好像是很可贵的。"

乌龟最不满意把文明文化用速度来解释，一则由于自己行动呆滞，一则由于他读过许多中国古书，以为那种速度产生文明的议论，近于一种谎话，学术上站不住脚。他这时把眼睛望望天空，心中既对于翅膀的价值有所不平，平素又不大看得起新学，对于猫头鹰感情极坏，就好像当着猫头鹰面驳一样，盛气凌人地说：“速度本身决不能产生文化或文明，恰恰相反，文明同文化都是在生活沉淀中产生。我以为世界上纵有更多生了两个翅膀的生物，可以自己各处远远地飞去，对于文明文化还是毫无关系。文明文化是一些有头脑的人决定的。是一些比较聪明的人，运用他们的聪明，加上三分凑巧产生的。要身体自由有什么用处，自由重在信仰与观念，换言之，重在无拘无束的思想自由！”

那雁鹅对于这种议论本来不大明白，见乌龟这样一说，更不明白了，就要求他朋友把“自由”说得浅近一点儿。

乌龟想想：“是的，我同你这种大少爷，应当说浅近一点儿的。”于是接着说，“说浅近一点儿吗？我只问你，把自己安顿到一个陌生世界里去，一切都不让你习惯，关于气候、起居、饮食，一切毫不习惯；关于礼貌、服饰，一切全得模仿那个世界的规矩——你算是自由了吗？”

这样一来雁鹅懂了。雁鹅说：“老兄，可是你若有那点儿自由，不是可以看到许多新地方，看到许多新东西了吗？你不是可以到他们博物馆看商周古物，到艺术馆看唐宋古瓷名画，到图书馆看宋元版本古书，再到大戏院去听第一流名角唱歌扮戏，到大咖啡馆同那风姿绝世美人跳舞吗？只要有翅膀，又有钱，你不是可以各处游山玩水，把整个世界全跑尽吗？”

乌龟把头摇摇，很有道理地说：“那不算数，那不算数。一只三万吨大海船在咸水里各处浮去，它由于缺少思想，每次周游环球，除了在龙骨上粘了些水藻贝壳以外，什么也得不到。生活从外面进来，算不得生活。你纵无翅膀，不能用你的翅膀各处飞去，只要有钱，一只哈巴狗也可以周游全个地球！你试说，那一只有钱的哈巴狗，照着你所说到的一一生活过来，回来后他是不是还依然只是一只哈巴狗？”

雁鹅说：“我并不以为这哈巴狗玩过了几个地方，就懂得艺术或哲学。我不那么说。可是我请你说浅近一点儿，不要净来做比喻。你同人说话，近来的‘人’你做比喻他就不大懂，何况一只雁鹅？”

乌龟说：“兄弟，总而言之，我以为我们单是有眼睛还不行。譬如一个筛子，有多少眼睛，它行吗？”

那雁鹅见到这乌龟又在做比喻了，就赶忙把头偏到一边去，不想再听。乌龟知道那是什么表示，就说：“兄弟，兄弟，我不做比喻，不做比喻。我说的是我们不能靠眼睛来经验一切，应当用灵魂来体验生活，用思索来接近宇宙。宇宙这东西很宽很大，一个生物不管是一只鸟还是一个乌龟，从横的看来，原只占地面那么一个小点，小到不能形容，从纵的看来，我们的寿命同地球寿命比比，又显得如何可笑。因此生活得有意义，不应在身体上那点儿自由，应在善于生活。一个懂生活的人，即或把他关在笼子里，也能够生活得从从容容，他且能理解宇宙，认识宇宙，显得生命丰富充实。”

乌龟那么说着，是因为他不久以前正读过一本书，书上那么说着。

较小那只雁鹅，半天不说话，这时却挑出字眼儿说：“关在笼子里？就只有同鸡鸭畜牲一样愚蠢的人，才常常被他们同伴关在笼子里。我是一只雁鹅，我就不愿意被人关在笼子里！”

那乌龟说：“兄弟，人不常常关在木笼或细篾笼里，那是的，那是的。关在笼子里的人也不全是愚蠢的人。可是有些很聪明的人他自己可常常十分愿意关在另外一种笼子里，又窄又脏，沾沾自喜打发日子，那不是事实吗？”

“那是由于他们人生观不同，欢喜这样过日子！”

“可是那一个拘束他们生活关闭他们思想的笼子，算不算得一个笼子？”

说到这里，他们休息了一会儿，因为知道把话说远了点儿，三个朋友都明白“人类”的事应由人类去讨论。他们还知道，这个问题即或要他们人类自己来说，也永远模模糊糊，说不清楚，雁鹅同乌龟自然更不必来讨论它了，故当时便不再继续说“人”。他们在休息时各自喝了一点儿清水，润润喉咙，那只较小雁鹅，喝过了水时想起了各地方的水，他说：“本地的水不如玉泉的好，玉泉的水不如北海的好，北海的水不如……”

他同许多人一样，有一种天性，凡事越远就越觉得好。他正想说出一个他自己也并没到过的极远地方的泉水名字，那是他从广告上看来的，因为记起乌龟顶不高兴从报纸上找寻知识，总以为凡是报纸上一再提起的事，多是假的或相反的，就不好意思再说下去了。

可是乌龟明白那句话的意思，就很蕴藉地笑笑，且引了两句格言，说明较远的未必就是较好的东西。他引用的自然仍旧是中国古代哲学家的格言。

那雁鹅对于老朋友引用“人”的格言，并不十分心服，心想：“人自己尚用不着那个，对一个乌龟还有什么用处？”但一时也不再加分辩。

过了一会儿，不知何处抛来一个小小石子，正落在乌龟背上，雁鹅明白一定是什么人抛掷来的，故对于朋友这种无妄之灾，有所安慰，说了几句空话，且对于石头来源，加以种种猜测。可是乌龟却满不在乎，以为极其平常。雁鹅见他朋友满不在乎的神气，反而十分不平，就说："哲学家朋友，你不觉得这件事稀奇吗？"

乌龟把头摇摇，把前脚爬爬，一面说："我以为也不十分稀奇。"

雁鹅说："然而凭空来那么一下，你不觉得生气吗？"

乌龟想想，做了一个儒雅的微笑，解释这件事毫无生气的理由。

"我因为记起《庄子》上说的，虚舟触舷，飘风堕瓦，一切出于无心，都不应当生气，故不生气。"

因为说到不生气，其时两只雁鹅兴致正好，就把他朋友如人类中一切聪明朋友作弄老实朋友一样，好好地试验了一番，结果这乌龟还是永远保持到他那个读书人的风度。由于这些原因，他们的友谊此后似乎也就更进步了一点儿。话非本文，不必多提。

为时不久，这池塘里的水，忽然枯竭起来了，许多有翅膀的全搬家了。大家为了这件事忙着，各个按照自己经验所及，打算此后办法。两只雁鹅曾到过北京城里先前帝王用作花园的北海，知道那方面一切情形，明白北海风景不恶，有水有山，游玩的闲人虽多一点儿，不如这里池塘清静，可是若到那地方去生活，可保定毫无危险。那里来玩的，大多数是受过教育的人，只在那里吃吃东西，谈谈闲天，打发日子，决不会十分胡闹。不守规矩的，至多也只摘摘莲蓬，折点儿花草。雁鹅打量邀约乌龟过北海去住，便同他朋友来商量。

"老兄，我们的生活有了点儿问题，你注意不注意？这池子因为天旱，忽然涸竭起来了，我们生活，业已发生问题！若老守一方，必受大苦。同在一处，挨饿还是小事，恐怕本身还多危险。”

乌龟说：“我记得汉朝大儒董仲舒说过：天若不雨，可用土龙求雨。北京地方，不少明白古书相信古书的人，应当试试用这方法求雨。它的来源极古，出于《山海经》，本于神农请雨书……”雁鹅看到他的朋友又在引经据典，不知如何应付，且知道这事一引经据典，便不大容易说得清楚，因此摇摇头就走开了。

到了第二天又来说：“老兄，这样生活可不行，水全涸了，芦苇也枯了。我担心他们不久会放火烧我们的芦苇。我担心会发生这样一件事情，火发时，我们有翅膀的还可展翅飞去，你是那么慢慢儿爬的，这可不成。你得及早设法，想个主意，才不失古君子明哲保身之道。”

乌龟因为昨天朋友不让他把话说完就走开，今天却又来说，心中不大乐意，就简简单单地向雁鹅说：“兄弟，为时还早。”

说了把头缩缩，眼睛一闭，就不再开口了，雁鹅无法，又只好走开。

第三天，芦苇塘内果然起了大火，雁鹅不忍抛下他的朋友独自飞去，就来想法救他朋友。要这乌龟口衔一木，两只雁鹅各衔一头，预备把这乌龟带出危险区域，到北海去。这时乌龟明白事情十分紧急，不得不同意这两个朋友建议，就说：“一切照办，事不宜迟。”

他们把树枝寻觅得到以后，就教乌龟如法试试。临动身时，两只雁鹅且再三嘱咐：“小心一点儿，不可说话！”

乌龟当时就说：“我又不是小孩，难道悬在半空，还说话吗？我不开口，只请放心！”

两只雁鹅于是把木衔起，直向北海飞去。

他们经过西苑时节，西苑许多小孩，见半空中发生了这种稀奇事情，皆抬起头来，向空中大笑大嚷："看雁鹅搬家，看乌龟出嫁！"

雁鹅心想："小孩子，遇芝麻大小事总得大声喊叫，不算回事。"仍然向东飞去，不管地下事情。乌龟也想："童妇之言，百无禁忌。"装作毫无所闻，不理不睬。

又飞一阵，到海甸时，又为小孩子看到，大声叫喊。一行仍然不理，向东飞去。

到了城中，又有小孩喊叫如前。这些小孩，全皆穿得十分整齐，还是正规小学生。

乌龟就想："乡下小孩不懂事情，见了我们搬家，大惊小怪，自不出奇。你们城中小孩，每天有姑妈教员为说故事，见多识广，也居然这样子大惊小怪！"正想说："你们教员，教你们些什么东西？纵是搬家出嫁，同你地下小孩有甚关系，也值得大惊小怪？"话一出口，身子就向下直掉。

……

说到这里，那穿青衣的人，正预备说以下事情，那时手中烟卷已完事了，准备调换一支烟卷。我觉得这故事十分动人，不知道这乌龟究竟掉到什么地方，是死是活，替它十分担心，忘了先前约束，就插口问："以后呢？"

我可发誓，我只问那么一句，那穿青衣的人，就只为我插嘴说过那么一句话，即刻就生起气来了。他显出极不高兴的神气，向我说道："为什么问这种蠢话？以后的事谁清楚？我嘱咐不许打岔，你又打岔。看你意思，我说到末尾，你一定还会要问：那这故事，你既不是雁鹅，你又打哪儿来的？你别管我是雁鹅不是。我说故事，从来就不高兴人家这样质问！”

我就赶忙分辩，说明一切出于无心，请他原谅。这穿青衣的人只自顾自己把话说完以后，不管我所说的是什么，似乎依然还很不高兴我，把烟卷燃好，就向芦苇那边扬扬长长大模大样走去了。我看他走去时，还以为他不会那么认真，就很好笑地想着：“你那种走路方法，倒真像一只雁鹅，或同雁鹅有点儿亲戚关系。”

可是他当真走了。我还很担心那个好脾气乌龟，想知道这读过许多中国旧书的乌龟，因为一时同小孩子生气，得到什么结果。又想知道这两只雁鹅，见到乌龟跌下以后，是不是还想得出方法援救这个朋友。我愿意这故事那么快乐有趣地结束，就是这乌龟虽然在半空中向下跌落，近地面时却恰恰掉在一个又暖和又体面正好空着的鸟巢里。那鸟巢里最好还应当有几本古书，尽它在那里读书，等候那两只雁鹅各处找寻，寻觅到第三天才终于发见了他。可是自己那么打算可不行，这结局得由那个穿青衣的人口中说出，我才能够放心。我于是赶忙追过去，请他慢走一点儿，为他道歉，且同他评理。

“朋友，朋友，你不应当为这点儿小事情生气！你不正说过那乌龟因为对城市中小孩子生不必生的气，从半空中就摔下去了吗？你若为一句话见怪，也不很合理！”

我一面那么说，一面心里又想：“你若把故事为我说完事，你即或就是那两只雁鹅中任何一只，我下次见着你时，也不至于捉你。”

但这个人显然不愿意再继续我们的谈话，他头也不掉回，就消失在芦苇里去了。

我再走过去一点儿，傍近芦苇时，芦苇深处只听到勾格一声，接着是两只大翅膀扇着极大的风。举起一个黑色的东西，从我头上飞去。我原来正惊起一只大雁。我就大声喊叫那个说故事的朋友。等了许久，里面还无回答。芦苇静静的，一点儿声音也没有。再过去一看，芦苇并不多，芦苇尽处前面就是一片水。并没有什么捕鱼的人，绝对没有。我想想，这事古怪。

我很懊悔为什么不抓它一把，把这只大雁捉回家去，请求它把故事说完。请求不成，就饿它三五天，水也不让它喝，逼迫它把这故事说完。

猎鸟人说到这里时，望望大家，怯怯地问："你们不觉得这只雁鹅很聪明吗？"接着又说，"我因为相信那个穿青衣的人就是那只大雁，相信它会说故事，相信它下面还有故事，就只为了我要明白那个故事的结果，我才决定做一个猎人，全国各处去猎鸟。我把它们捉来时，好好地服侍它们，等候它们开口，看看过了十天半月，这一位还是不会说什么，就又把它放走了。你们别看我是一个猎鸟专家，我做了十六年的猎人，还不曾杀死过一只麻雀！为了找寻那会说故事的雁鹅，我把全国各省有雁鹅落脚的泽地都跑尽了。你们想想，若我找着了它，那不就很好了吗？"

这专家把故事说完时，他那么和气地望着众人，好像要人同情他的行为似的。"为了这只雁鹅，我各处找寻了十六年"，他是那么说的，你看看他那份样子，竟不能不相信这件事是当真的，不是凭空捏造的。

为张家小五辑自《五分律》

一九三三年初作

○○○女人

因为在上次那个故事中，提到金像与银像，就有两个人同时站起，说他们也有个故事，故事中也有个年轻男子，由于金像银像，与一美貌女子结婚，到后觉得生存不幸，方去各处旅行。其中还有一个国王，也因有所寻觅，曾经离开王位，各处旅行。但故事中人物虽多相同，故事内容可完全两样，想问在座众人，能不能让他们有个机会把故事说出来。众人既然不想睡觉，目的就在用各种各样稀奇故事打发这个长夜，岂有反对道理。两人刚说完时，当然便有无数掌声，从火堆四近而起，催促两人开口，鼓励两人说话。

这两个人一老一少，装束虽显得十分褴褛，仪表可并不猥琐庸俗。下面故事，就是这两个人共同说出的。

某处地方有一个年轻男子，某处地方又有一个年轻女人，这两人各皆因为生来特别美丽，各人皆聘请了精巧匠人，用黄金白银铸了一躯理想情人的造像。像造成后，就派人抬去陈列到官路上，尽人观看，征求配偶。到后两人凭媒介绍，在极华贵庄严仪式中，订婚结婚。两人所有经过，皆同前面那个故事所提及的一对青年夫妇相似。这对年轻人结婚以后，生活自然十分幸福。但时间不久，这年轻人放下了本身各种幸福，独自远行异邦，乃为另一原因。

那时有个国王，自命不凡，常常对镜自照，总以为自己美丽，超越今古。说实在话，从精神与外表各方面看来，这个国王也和世界上各处国王相差不多，全身成分，百分之五的聪明，百分之三的风雅，其余便完全是一个吃肉喝汤的肉架子。国王欢喜用他那仅有的三分风雅，说他所会说的几句话语："罗马皇帝恺撒，曾经用他的武力，征服过这个世界，驾驭过这个世界，我敬重他，但我却不想同这种野蛮军人竞争一日长处。我将用我的美来管领我的国家。上帝对我特别关切，所以我在这世界地面上，也比任何一个美男子还更美。"

那国家所有臣民，也同现在这世界上许多国中做臣民的一般，由于精神方面缺少一种名为"骨气"的成分，对主子的方法，按照习惯，皆认为各有随事阿谀的义务。各人得注意主上意思所在，常常捧场叫好。那国王既然并不想做恺撒，也不想做成吉思汗，为了不应戳穿这国王的糊涂自信，因此每次见国王对镜自照时，在朝众人，就异口同声承认国王美观，于世界中，应当占一首席，且用这类阿谀，换取赏赐无数。

这国王既有一批亲信大臣贡献颂祷，用阿谀作为每日营养，又有一个美貌王后，两人爱情也浓厚异常，故常自视为天下第一有福气人。

有一天从别处贡来一头白色鹦鹉。这明慧乖巧禽鸟，能说七十二种方国语言，记忆中保留了三千五百个稀奇故事，见多识广，博学有才，得过文学博士学位，曾在五个国王宫廷中做过上等清客。这鹦鹉未来之前，早就知道了国王脾气，一见国王，便故意表示异常惊讶，异常惶恐。国王还以为它初来宫廷，当然不大习惯，就极力安慰它，告它不要害怕。以为如今来到宫廷，尽可自由方便，不会使它感受拘束。且因为明白这鹦鹉极懂人性，就问它吃惊理由，究为何事。

那鹦鹉熟视国王许久，方说出它的巧妙奉承："我见过无数贵人，就从来不曾见过一个国王，能比陛下相貌更美丽动人。所以一见陛下，不觉踧踖失仪。”

那国王笑着说：“美丽使人倾心，固属自然，但阁下经验阅历，世所稀有，难道也为我的仪表感到迷惑吗？”

鹦鹉明白计已得售，就说：“在日光下头，无人眼睛不感到眩瞀。陛下美丽，同这一样。”

国王早已听说这鹦鹉见多识广，非同小可，在外国时已极出名，如今还为自己美丽所征服，故异常快乐。且以为鹦鹉应对审详，辞采温雅，即刻就对这个善于说谎的白鸟，厚有赏赐，且款待优渥，如礼大宾。

宫中女人，则因为聪明禽鸟，善说故事，且知道什么样子女人欢喜什么种类故事，便也对这鹦鹉，十分欢迎。国王每天指派一个宫女，照料这只鹦鹉，每个宫女，皆乐于得到这件差事。

有一天国王午睡未醒，侍候鹦鹉的宫女，恰恰是个刚刚成年的女子，就在廊下同鹦鹉闲谈。这韶年稚齿的宫女，还不明白人间男女恋爱是些什么，就请它说个关于男女的故事听听。这鹦鹉懂得到这宫女所欢喜的正是些什么，就轻轻地为宫人说红叶题诗的故事。又说红叶题诗的故事虽美，已过了时，最合时的应当是那用金像银像找寻情人的故事。说这故事时，它告给这个宫女，那两人如何美丽，如何年轻，真算得这世界上顶幸福的人。说故事时，宫女同鹦鹉皆当作国王正在午睡，不会醒觉，并且话语又说得极轻，以为绝不会为国王听去。谁知道这个国王，每天午睡，并非当真去睡，就为的是每天可以偷听鹦鹉说的一切故事。原来他的睡眠是故意装成的。如今听鹦鹉说世界上居然还有一个男子，比他美丽，比他幸福，不觉妒心顿生，十分难受。

当时他不发作，到第二天早朝时，这国王就询问殿前各位大臣："我问你们，我是不是这世界上顶美丽的男子？"

大臣皆照往常那种态度，恭恭敬敬地回答："陛下的的确确是这世界上顶美的国王。"

国王回头又问鹦鹉如前，鹦鹉也恭恭敬敬地回答："启禀陛下，您的的确确是这世界上顶美的国王。"

那个时节，国王手中正拿得有一面极贵重的青铜铸成嵌满宝石的镜子，气得手直发抖，把镜子奋力向阶石上摔碎以后，就指定两边大臣大骂："你们全是一群骗子，一群浑蛋！你们好好说来，我究竟是不是这世界上最美的人？各说实话。若不说句诚实话语，我即刻割了你们的头颅悬到旗杆上去。"

朝臣眼见情形不妙，皆吓坏了，事情来得过于突兀，不知如何奏答。若再说谎，保不定头颅就得割下；若不说谎，则过去所说谎话，如何自圆其说？故一时皆发愣发呆，不知如何是好。

国王怒气冲冲地对鹦鹉说："你说实话。不说实话，你就也是一个骗子，我派人扯去你的毛羽，把你烤吃。"

那鹦鹉明白国王生气理由，必是昨天已把它向宫女所说金像银像故事听去。知道应当如何处置，方可使这国王和平，救出众人，救出自己。就从从容容答复国王道："陛下平时只问我们'我是不是这世界上最美丽的国王？'众人皆说是。照约翰·傩喜博士逻辑学的方法说来，众人毫无罪过。照我看来，世界国王，为数不多，陛下的确可说是这世界上最体面漂亮的国王。虽在另一地方，还有一个平民，也很美丽，但这人只是一个平民，如何能够相提并论？至于陛下若因这事便想把小臣烤吃，那真三生有幸，赴汤蹈火，所不敢辞。但国王应当找寻别的理由，不要以为由于这种罪过，使史官记载，不好下笔。”

国王由于平生骄傲，忽被中伤，原本十分愤怒，真想把身边这一群浑蛋全体杀头。这时一听这只聪明鹦鹉解释，且引出学者名言为证，国王虽不明白约翰·傩喜博士究竟是什么人，但听鹦鹉言之成理，也就释然于怀，不再介意了。

到后他向鹦鹉问明白那年轻美丽平民的住处，他就派遣了一个使臣，带了手草谕旨，即刻把那年轻人召来见面。

使臣骑了日行六百里的驿马，赶到年轻人家中，宣告国王的圣旨，把年轻人请去。年轻人离开他那体面夫人时，因为新婚远离，互相眷恋，难于分别，夫人再三嘱咐及早归家，免得挂念。且说，若不相信她的爱情，请他把门锁好，钥匙带走，回来时节再开那门。这年轻人既然爱情浓厚，当然不会对于他的夫人有何相信不过处。年轻人走到半路时，心想国王见召，必以为他聪明有才，请去商量国事，方记起临走过于匆忙，所有著作也忘了带在身边，故同使臣商量妥当，赶忙回家取书。回到家中，却眼见那个貌美夫人，正同一个恋人骑马出游。年轻人愤怒悒郁，无可自解，故抵国王都城时，业已憔悴消瘦，非复平时可比。使臣以为必是路上过于劳顿，像这样子，不大好见国王，故把这年轻人，安置到本国迎宾馆里，让他休息三天，再去报到。

那年轻人住处比邻，就是国王养马的御厩。初到那天晚上，听到隔壁有个女人同那马夫头子说话，马夫问那女人：“怎么今天你又可以出来？”女人就说：“国王因为等候一个远客，独自在外住宿，故可悄悄出来相会。”再听一阵，年轻人方明白原来这与马夫说话的，正是一国之尊的王后。年轻人心中思量：“一国王后，当国王给她一种方便机会时，她还利用机会，同一马夫恋爱，何况我的妻子？”因此心中一腔闷气，即刻不知去处，心胸既廓然无复滞积，休息三天以后，额头放光，脸色红润，神采隽逸，更倍往昔。

觐见国王时，国王业已听说年轻人路途劳顿，萎靡不振，谁知一见颜色，精神焕发，不可仿佛。国王惊讶之至，就问年轻人究因何事，忽然憔悴，又因何事，忽然充腴。年轻人不想隐瞒国王，便把所见所闻一一禀告国王。

国王听说，心想：“我们两人那么有权有势，多财多貌，自己女子还不能够信托，何况他人？”但又想，“这世界上做女子的，既皆那么不可信托，何以许多动人诗歌，又皆特为女子而起？因此看来，则女子不是上帝，就是魔鬼，若不是有一分特别长处，就肯定是有一种特别魔力。或者另外一个阶级，另外一种女人，还值得人类讴歌值得人类崇拜？”为了这点儿不能解决的问题，两人就互相商量了一个办法，相约离开王位与财富，共同到这个宽广的世界上各处去旅行，旅行的目的，就只是到地面上去寻觅“女人被尊敬的真正理由”。

他们寻觅的结果如何，他们现在还不知道。他们虽然听人说到一个扇陀故事，已经明白女人的魔力，大半由于上帝所赋予的那一分自然长处。但这个世界，除生理方面，女人可以使一个候补仙人糊涂以外，女人是不是还有别种长处别样好处存在？他们相信必定还有一种东西存在，所以他们仍然还在继续旅行，寻觅那点儿真理。

这两个人是谁？不必说明，大家都清清楚楚，所以当两人把故事说到末了时，并无一人追究这故事的来源。

为张家小五哥辑自《杂比喻经》

一九三三年四月二十二日作于青岛

○ ○ ○ 慷慨的王子

住宿在金狼旅店，用各种故事打发长夜的一群旅客中，有人说了一个悭吝人的故事。因那故事说来措辞得体，形容尽致，把故事说完时，就得到许多人的赞美。这故事的粗俚处，恰恰同另一位描写诗人故事那点儿庄严处相对照，其一仿佛用工致笔墨绘的庙堂功臣图，其一仿佛用粗壮笔触作的社会讽刺画，各有动人的风格，各有长处。由于客人赞美的狂热，似乎稍稍逾越这故事价值以外，因此引起了一个珠宝商人的抗议。

这珠宝商人生活并不在市侩行业以外，他那眉毛、眼睛、鼻子、口，全个儿身段，以及他同人谈话时节那副带点儿虚伪做作，带点儿问价索价的探询神气，皆显见得这人是一个十足的市侩。大凡市侩也有市侩的品德，如同吃教饭人物一样，努力打扮他的外表，顾全面子，永远穿得干干净净。且照例可说聪明解事，一眼望去他知道对你的分寸，有势力的，他常常极其客气；不如他的，他在行动中做得出比你高一等的样子。他那神气从一个有教养的人看来，常常觉得伧俗刺眼，但在一般人中，他却处处见得精明能干。

在长途行旅中，使一个有习好爱体面的人也常常容易马虎成为一个野人，一个囚犯。但这个珠宝商人，一到旅店后，就在大木盆里洗了脸，洗了脚，取出一双绣花拖鞋穿上，拿出他假蜜蜡镂银的烟嘴来，一面吸美丽牌香烟，一面找人谈话。在旅客中这个人的行为仿佛高出别人一等，故虽同人谈话，却仍然不忘记自己的尊贵，因此有时正当他同人谈论到各种贵重金属的时价时，会突然向人说道：“八古寨的总爷嫁女，用三斤六两银子做成全副装饰，凤冠上大珠值五十两。”说完时，便用那双略带一点儿愁容的小小眼睛，瞅定对面那一个，看他知不知道这回事情。对面若是一个花纱商人，或一个飘乡卖卜看相的，这事当然无有不知的道理，就不妨把话继续讨论下去。对面那个若明白了这笔生意就正是这珠宝商人包办的，必定即刻显得客气起来，那自然话也就更多了。若果那一面是一个猎户，是一个烧炭人，平时只知道熏洞装阱、伐树烧山，完全不明白他说话的用意，那分明是两种身份、两个阶级、两样观念，谈话当然也就结束了。于是这珠宝商人便默默地来计算这一个月以来的一切支出收入，且让一个时间空间皆极久远了的传说，占据自己的心胸，温习那个传说，称赞那传说中的人物，且梦想他有一天终会遇到传说中那个王子发一笔财，聊以自娱。

到金狼旅店的他，今夜里一共听了四个故事，每个故事皆十分平常，也居然得到许多赞美，因此心中不平，要来说说他心中那个传说给众人听听。

他站起身时，用一个乡下所不习见的派头，腰脊微屈，说话以前把脸掉向一旁轻轻地咳了一下，带点儿装模作样叫卖货物的神气，这神气在另一地方使人觉得好笑，在这里却见得高贵异常。

“人类中悭吝自私固然是一种天性，与之相反那种慷慨大方的品德，这世界上也未尝不有。在中国地方，很多年以前，就有尧王让位给许由先生，许先生清高到这种样子，甚至于帝王位置也不屑一顾，以后还逃走到深山中的故事。虽然这些故事为读书人所欢喜说的，年代究竟远了点儿，我们既不很清楚当时做王帝的权利义务，说来也不会相信。可是有个现成故事，就差不多同这个一样，那不同处不过尧王让的是一个王位，这人所让的是无量珠宝。”说到这里时这珠宝商人稍稍停顿了一下，看看有多少人明白他是个珠宝商人，那时有个人正想到他自己名为“宝宝”的殇子，因此低低叹息了一声。商人望了那人一眼，接着便说：“不要把王位放在珠宝上面，我敢断定在座诸君，就有轻视王位尊敬珠宝的人在内。不要以为把王位同珠宝并列，便觉得比拟不伦。我敢说，珠宝比王位应当更受人尊敬与爱重。诸君各处奔走，背乡离井，长途跋涉，寒暑不辞，目的并不是找寻王位，找寻的还是另外那个东西！”

那时节全个屋子里的人出气都很轻微，当珠宝商人把话略略停顿，在沉寂中让各人去反省王位与珠宝在自己生活中所生的意义时，就只听到屋外的风声同屋中火堆旁的瓦罐水沸声。火堆中的火柴，间或爆起小小火星向某一方向散去时，便可听到一个人把脚匆剧缩开的细微声音。还有一匹灶马，在屋角某处振翅，但谁也不觉得这东西值得加以注意。

下面就是那珠宝商人所说的故事，为的是故事是古时的故事，因此这故事也间或夹杂了一些较古的语言，这是记载这个故事的人对于一些太不明了古文字的读者，应当交代一声请求原谅的。

……

珠宝比王位可爱，从各人心中可以证明。但有一样东西比珠宝更难得，有人还并王位同珠宝去调换的，这从下面故事可以证明。

过去时间很久，在中国北方偏西一点儿，有个国家，名叫叶波。国中有个大王，名叫温波。这个王年轻时节，各处打仗，不知休息，用武力把一切附属部落降伏以后，就在全国中心大都城住下，安富尊荣，打发日子。这国王年纪五十岁时，还无太子，因此按照东方民族做国王的风气，讨取民间女子两万，作为夫人。可是这国王虽有两万年轻夫人，依然没有儿子，这事古怪。

叶波国王同其他地面上国王一样，聪明智慧，全部用到政务方面以后，处置自己私人事情，照例就见得不很高明。虽知道保境息民，抚育万类，可不知道用何聪明方法，就可得一儿子。本国太医进奉种种药方，服用皆无效验。自以为本人既是天子，一切由天做主，故到后这国王听人说及本国某处高山，有一天神，正直聪明，与人祸福灵应不爽时，就带了一千御林军，用七匹白色公鹿，牵引七辆花车，车中载有最美夫人七位，同往神庙求愿。

国王没有儿子，事不稀奇，由于身住宫中，不常外出，气血不畅，当然无子。今既出门一跑，晒晒太阳，换换空气，筋骨劳动，脉络舒张。神庙停驾七天以后，七个夫人之中，就有一个怀了身孕。这夫人到十个月后，产生一个太子，名须大拿。

太子十六岁时节，读书明礼，武勇仁慈，气概昂藏，使人爱敬。太子年龄既已长大，国王就为他讨了一房媳妇，名叫金发曼坻。这金发曼坻，也是一个国王女儿，长得端正白皙，柔媚明慧。夫妇二人，爱情浓厚，结婚以来，就不见过一人眉毛皱蹙。两人皆只用微笑大笑，打发每个日子。这金发曼坻到后为太子生育一男一女。

太子须大拿身住宫中既久，一切宫中礼节习气，平板可笑，行动处处皆受拘束，心实厌烦，幻想宫殿以外万千人民生活，必更美丽自然。因此就有一天，换上衣服，装扮成为一个平民，离开王宫，走出大城，广陌通衢，各处游观。未出宫前，以为宫外世界宽阔无涯，范围较大，所见所闻，必可开心。迨后全城各处一走，凡属人类种种生活，贫穷、聋瞽、喑哑、疥疠、老惫、死亡，仅仅巡游一天，所有人事触目惊心，各种景象，皆已一览无余。一天以内，便增加了这王子一种人生经验，把这种人生诸现象认识以后，心中大不快乐。

回宫当日，这王子就向国王请示："国王爸爸，我有一件事情想来说说，请先赦罪，方敢禀告。"

国王就说："赦你无罪，好好说来。"

太子先向国王说明日里私自出宫不先禀告情形，接着说："想求国王爸爸答应一件事情，不知能不能够得到许可。"

"想要什么，可同我说。一切说来，容易商量。这国王宝座，同所有国土臣民，皆你将来所有，如何支配，你有权力。"

"既一切为我所有，我可处置，我想使我臣民，得我一点儿恩惠。我愿意手中持有国中库藏钥匙，派人从库中取出所有珍宝，放城门边同大街上，散送给一切可怜臣民。这些宝物，将尽人欢喜，随意拿去，绝不令一个人心中不满。"

国王既已答应太子一切要求，必得如约照办。虽明白一国珠宝有限，臣民欲望无穷，太子所想所做，近于稚气。但自己年纪已老，只有这样一个太子，珍宝金银，皆不如太子可贵。且把无用珍宝，舍给平民，为太子结好于下，也未为非计。故用下面话语，答复太子："亲爱的孩子，你想要做什么，尽管去做，钥匙在我手里，你就拿去，一切由你！"

太子听国王说话以后，赶忙向国王道谢。当晚无事。到第二天，就派人用各种大小车辆，把国内一切稀奇贵重宝物，从库藏中搬出。这些大小不等的车辆，装满了各样珍宝以后，皆停顿在城门边同大街闹市。不拘何人，心爱何物，若欲拿去，皆可随意挑选，不必说话，就可拿去。国王既富足异常，库中各物，堆积如山，每辆大车载运，皆如从大牛身上拔取一毛，所装虽多，所去无几。故这种空前绝后毫无限制的施舍，经过三天，本国臣民欲望业已满足，叶波国王库中所存，尚较其他国王富足。

那时节去叶波国不远，有一敌国，同叶波王平素意见不合，常常发生战争。听人传说叶波国太子种种布施故事，那个国王就集合全国大臣参谋顾问，开会商量。那不怀好意的国王说："叶波国出一傻子，慷慨好施，乐于为善，凡有所求，百凡不厌，各位大臣，谅有所闻。那国有一大象，灵异非凡，颜色白皙，如玉如雪。这象可在莲花上面行走，名须檀延。这象性格温和，极易驾驭。力量强大，长于战争。从前遇有战事发生，每次交锋，这宝象总常占上风。如今国王既老悖昏庸，一切唯傻子是听，若能乘此机会，设一计策，向那国中愚傻王子，把象讨来，从此以后，我国就可天下无敌、日臻强盛了。各位大臣之中，有谁能告奋勇，装扮平民，过叶波国讨取这白色宝象，我有重赏。"

大臣中间，人人皆明白两国世仇，相互切齿，交往断绝，业已多日。皆觉得事情不很容易，无从敢告奋勇，独任艰巨。

其中有八个小臣，平时由于位卑职小，并不为王重视，这时节却来同禀国王："国王陛下，亲王殿下，大臣阁下，皆只宜于庙堂陈词，筹度国事。讨象事小，应当交给小人办理。我等八人在此，时间已久，无事可做，如今就为大王把象取来，只请颁发粮秣同其他必需用物，八人即刻便可上路。"

国王闻言，心中欢喜，命令财政大臣把一切需要，如数供给八人，国王并且身当大臣面前宣言："若能把象取得，各封官爵。"

八人就连夜赶往叶波国，至太子宫门，求见太子。各人皆预先约好，化装成为跛脚，拿一拐杖，跷一右脚，向宫门回事小官说："有事想见太子，劳驾引见。"

太子听说八个跛脚男人，同一残废，同一服装，同一神气，齐集宫门求见，心中稀奇，即刻令人引见。并且亲自迎出二门，向每人行礼，十分客气，异样亲切。八人一见太子，照预先约好办法，异口同声说道："我们八人皆从极远地方跑来，各想讨点儿东西回去。只因远远就已听说太子仁慈，想不至于吝啬恩惠。"

太子听说，满心欢喜，询问八人，要的是些什么。并且为八人说明，国中名贵宝物，尚有若干种类，某某宝物，藏某库内，只问欢喜，无不相赠。

八个乔装跛人，同时向太子说明来意："我们八人，是八兄弟，家中富有，不可比方。小时做梦同至一处，见一大神，有所嘱咐。神说：'尔等八人，皆有福分，可骑白象，同上太清。白象神物，非凡象比，必须跛脚，方可得象。'第二天，八人清早醒来，各人各把梦中所见所闻，互相印证，八人之中，梦境全同。大神所说，想亦不虚。因此互相商议，各人自用铁锤锤碎一脚，且从此背家离井，四方漂泊，希望与白象相遇。游行十年，备经寒暑，加之一脚上跷，一脚拄地，麻烦痛苦，不可言述。如今听说太子为人慷慨大方，从不拒绝别人请求，声名远播，八方皆知，天上地下，无不明白。且闻人说太子象厩，宝象成群，因此赶来觐见太子，别无所求，只求把那一匹白色宝象，送给我们兄弟八人，让我们骑这宝象云游各处，以符梦兆，并可宣扬太子恩惠。"

太子闻言，信以为真，毫不迟疑，即刻就带领八人过象厩中，指点一切大小象名，听凭拣选。

“各位同胞，不必客气，象皆在此，只请注意。且看看这些大小白象，若有任何一象中意，即刻就可把它牵去。”

八人看看，并无须檀延白象在内，装作回想梦境，稍稍迟疑，就摇头说：“王子豪放，诚过所闻。唯象厩中所有各象，皆不如梦中白象美丽。我们八人冒昧请求，希望太子把恩惠放大，让我们看看那匹能在莲花上行走的白象。”

太子带八人往那宝象所在处，未近象厩以前，八人就同声惊讶，以为仿佛梦中到过此地。一见宝象，又装作更深惊异，以为一切皆与梦境符合。且故意询问王太子：“这象名字，叫须檀延，不知是不是？”

太子微笑点头。当时八人就想把象骑走，太子便说：“这象可动不得，是我爸爸的象，国王爱象如爱儿女，若遽送人，事理不合。不得国王许可，这象不能随便送人。”

八人十分失望，不再说话。

太子心想：“象虽爸爸宝物，不能随便送人。可是我既先前业已告人，百凡国王私财，大家欢喜，皆可任意携取，各随己便。如今八人皆为这白象折足。各处奔走，漂泊十年，也为这象。今若不把这象送给八人，未免为德不卒，于心多愧。把象送人，纵有罪过，必须受罚，也不要紧！”

那么想过以后，为求恩惠如雪如日，一律平等不私所爱起见，太子就命令左右，即刻把白象披上锦毯，加上金鞍。当宝象收拾停当牵出外面时，太子左手持水，洗八人手，右手牵象，送与八人。

八人得象，向天空为太子祝福，且称谢不已。

太子向八人说：“我的朋友，你听我说：这象既已得到，请速上路，不要迟缓。若时间延宕，国王方面已知消息，派人追夺，我不负责！”

八人听说，知道时间不可稍缓须臾，又复道谢，就急急忙忙骑象走去。

叶波国中大臣，听说太子业已把国中唯一宝象送给敌国，皆极惊怖，即刻齐集宫门，禀告国王。国王闻禀，也觉得十分惊愕，不知所措。

大臣同在国王面前议论这事。

“国家存亡全靠一象，这象能敌六十大象，三百小象。太子慷慨，近于糊涂，不假思索，把象与人。国家失象以后，从此恐不太平！太子年纪太轻，不知事故，一切送人，库藏为空，唯一白象，复为敌有。若不加以惩罚，全国大位，或将断于一人，国王明察，应知此理。”

国王闻说，心中大不快乐。

当时开会讨论，大臣们皆以为白象重要，关系国家命运，白象既为太子送与敌国，国法所在，必将应得处罚，加于太子一身，方称公平。按照国法，失地丧师，以及有损国家权威种种过失，皆应处以死刑。其中有一大臣，独待异议，不欲雷同。那大臣说：“国法成立，多由国王一人所手创。任何臣民，皆应守法。但因一象死一太子，目前虽为他国称赞叶波国人守法，此后恐为历史家所笑，以为国法乃贵畜而贱人，实不相宜。如果因为太子过分慷慨，影响国家，照本大臣主张，以为把太子放逐出国，住深山中十二年，使他惭愧反省，不知大家以为如何？”

大臣所说，极有道理，各个大臣皆无异议，国王即刻就照这位大臣所说，决定一切。

国王把太子叫来，同他说道：“错事业已做成，不必辩论，今当受罚，即此宣布：你应过檀特山独住十二年，不能违令。”

太子便说：“我行为若已逾越国王恩惠范围以外，应受惩罚，我不违令。只请爸爸允许，再让我布施七天，尽我微心，日子一到我就动身出国。”

国王说：“这可不行，你正因为人大方，逾越人类慷慨范围以外，故把你充军放逐。既说一切如命，即刻上路，不必多说！”

太子禀白国王：“国王爸爸既如此说，不敢违令。我自己还有些财宝，愿意散尽以后，离开本国，不敢再度荒唐，花费国家分文。”

那时国王两万夫人已知消息，一同来见国王，请求允许太子布施七天，再令出国。国王情面难却，因此不得不勉强答应。

七天以内，四方老幼，凡走来携取宝物的，恣意攫取，从不干涉。七天过后，贫人变富，全国百姓，莫不怡悦，相向传言，赞述太子。

太子过金发曼坻处告辞，妃子闻言，万分惊异：“因何过错，便应放逐？”太子就一一告给曼坻，因为什么事情，违反国法，应被放逐，不可挽救。

金发曼坻表示自己意见：“我们两人，异体同心，既做夫妇，岂能随便分离？鹿与母鹿，当然成双。如你已被放逐，国家就可恢复强大，消灭危险，你应放逐，我亦同去。”

太子说：“人在山中，虎狼成群，吃肉喝血，使人战栗。你一女人，身躯柔弱，应在宫中，不便同去！”

妃答太子：“若需如此，万不可能，王帝用幡信为旗帜，燎火用烟焰为旗帜，女人用丈夫为旗帜，我没有你，不能活下。希望你能许可，尽我依傍，不言离异，有福同享，有祸分当。若有人向你有所求乞，我当为你预备，人如求我，也尽你把我当一用物，任意施舍。我在身边，绝不累你。”

太子心想：“若能如此，尚复何言！”就答应了妃子请求，约好同走。

太子与妃，并两小儿，同过王后处辞行时，太子禀告王后：“一切放心，不必惦念。希望常常劝谏国王，注意国是，莫用坏人。”

王后听说，悲泪潸然，不能自持，乃与身旁侍卫说：“我非木石，又异钢铁，遇此大故，如何忍取？今只此子，由于干犯国法，必得远去，十二年后，方能回国，我心即是金石，经此打击，碎如糠秕！”

但因担心太子心中难堪，恐以母子之情，流连莫前，增加太子罪戾，故仍装饰笑靥，祝福儿孙，且以“长途旅行，增长见闻，回国之日，必多故事”打发一众上路。

国王其余两万夫人，每人皆把真珠一颗，送给太子，三千大臣，各用珍宝，奉上太子。太子从宫中出城时节，就把一切珠宝，散与送行百姓，即时之间，已无存余。国中所有臣民，皆送太子出城，由于国法无私，故不敢如何说话，各人到后，便各垂泪而别。

太子儿女与其母金发曼坻共载一车，太子身充御者，拉马赶车，一行人众，向檀特山大路一直走去。

离城不远，正在树下休息，有一和尚过身，见太子拉车牲口，雄骏不凡，不由得称羡：“这马不坏，应属龙种，若我有这样牲口，就可骑往佛地，真是生平快乐事情。”

太子在旁听说，即刻把马匹从车轭上卸下，以马相赠，毫无吝色。

到上路时，让两小儿坐在车上，王妃后推，太子牵挽，重向大路走去。正向前走，又遇一巡行医生，见太子车辆，精美异常，就自言自语说道："我正有牝马一匹，方以为人世实无车辆配那母马，这车轻捷坚致，恰与我马相称。"

太子听说，又毫无言语，把儿女抱下，即刻将车辆赠给医生。

又走不远，遇一穷人，衣服敝旧，容色枯槁。一见太子身服绣衣，光辉炫目，不觉心动，为之发痴。太子知道这人穷困，欲加援手，已无财物。这人当太子过身以后，便低声说："人类有生，烦恼重叠排次而来，若能得一柔软温暖衣服，当为平生第一幸事。"

太子听说，就返身回头，同穷人调换衣服，脱此新衣，调换故衣，一切停当以后，不言而行。另一穷人见及，赶来身后，如前所说，太子以妃衣服调换，打发走路。转复前行，第三个穷人，又近身边，太子脱两小儿衣服，抛于穷人面前，不必表示，即如其望。

太子既把钱财、粮食、马匹、车辆、衣服零件，一一分散给半路生人，各物罄尽以后，初无悔心，如毛发大。在路途中，太子自负男孩。金发曼坻，抱其幼女。步行跋涉，相随入山。

檀特山距离叶波国六千里，徒步而行，大不容易。去国既远，路途易迷，行大泽中，苦于饥渴。其时天帝大神，欲有所试，就在旷泽变化城郭，大城巍巍，人屋繁庶，伎乐衣食，弥满城中。俟太子走过城边时，就有白脸女人，微须男人，衣冠整肃，出外迎迓。人各和颜悦色，异口同声："太子远来，道行苦顿，愿意留下在此，以相娱乐。盘旋数日，稍申诚敬。若蒙允许，不胜欢迎！”

妃见太子不言不语，且如无睹无闻，就说：“道行已久，儿女饥疲，若能住下数日，稍稍休息，当无妨碍。”

太子说：“这怎么行，这怎么好？国王把我徙住檀特山中，上路不用监察军士，就因相信我，若不到檀特山中，决不休息。今若停顿此地，半途而止，违国王命，不敬不诚。不敬不诚，不如无生！”

妃不再说，即便出城，一出城后，为时俄顷，前城就已消失。

继续前行，到檀特山，山下有水，江面宽阔，波涛汹涌，为水所阻，不可渡越。

妃同太子说：“水大如此，使人担忧！既无船舶，不见津梁，不如且住，待至水减再渡。”

太子说：“这可不成，国王命令，我当入山一十二年，若在此住，是为违法。”

原来这水也同先前一城相同。同为天帝所变化，用试太子。太子于法，虽一人独处，心复念念不忘，不敢有贰，故这时水中就长一山，山旋暴长，以堰断水，便可搴衣渡过。太子夫妇儿女过河以后，太子心想：“水既有异，性分善恶，死诸人畜，必不可免。”因此回顾水面，嘱咐水道：“我已过渡，流水合当把原状即刻恢复。若有人此后欲来寻我，向我有所请求乞索，皆当令其渡过，不用阻拦！”

太子说后，水即复原。“其速如水”，后人用作比喻，比喻来源，即由于此。

到山中后，但见山势嵌崎，嘉树繁蔚。百果折枝，烂香充满空气中。百鸟和鸣，见人不避。流泉清池，温凉各具。泉水味皆如蜜酒，如醴，如甘蔗汁，如椰汁，味各不同，饮之使人心胸畅乐。太子向妃子说：“这大山中，必有学道读书人物，故一切自然，如此佳美。使自然景物如有秩序，必有高人，方能做到。”太子说后，便同妃子并诸儿女，取路入山，山中禽兽，如有知觉，皆大欢喜，来迎太子。山中果然有一隐士，名阿周陀，年五百岁，眉长手大，脸白眼方。这人品德绝妙，智慧足尊。太子一见，即忙行礼不迭。太子说道：“请问先生，今这山中，何处多美果清泉，足资取用？何处可以安身，能免危害？”

阿周陀说：“请问所问，因何而发？这大山中，一律平等，一切丘壑，皆是福地，今既来住，随便可止！”

太子略同妃子说及过去一时所闻檀特山种种故事，不及同隐士问答。

隐士就说：“这大山中，十分清净寂寞。世人虽多，皆愿热闹，阁下究为什么原因，携妻带子来到此地？是不是由于幻想，支配肉体，故把肉体尽旅途跋涉折磨，来此证实所闻所想？”

太子一时不知回答。

太子未答，曼坻就问隐士：“有道先生，来此学道，已经过多少年？”

那隐士说：“时间不多，不过四五百岁。”

曼坻望望隐士，所说似乎并不是谎话，就轻轻说：“四五百岁以前，我是什么？”

其时曼坻，年纪不过二十二岁而已。

隐士见曼坻沉吟，就说：“不知有我，想知无我，如此追究，等于白费。”

曼坻说：“隐士先生，认识我们没有？”

太子也说："隐士先生，也间或听人说到叶波国王独生太子须大拿没有？"

隐士说："听人提到三次，但未见过。"

太子说："我就是须大拿，"又指妃说，"这是金发曼坻。"

隐士虽明白面前二人，为世稀有，但身做隐士，业已四五百年，人老成精，故不再觉得别人可怪，只问二人："太子等到这儿来，所求何事？"

太子说："鄙人所求，想求忘我，若能忘我，对事便不固执，人不固执，或少罪过。"

隐士说："忘我容易，但看方法。遇事存心忍耐，有意牺牲，忍耐再久，牺牲再大，不为忘我。忘我之人，顺天体道，承认一切，大千平等。太子功德不恶，精进容易。"

隐士话说完后，指点太子应当住处。太子即刻就把住处安排起来，与金发曼坻各做草屋，男女分开，各用水果为饮食，草木为床褥。结绳刻木，记下岁月，待十二年满，再做归计。

太子儿名为耶利，年方七岁，身穿草衣，随父出入。女名脂拿延，年只六岁，穿鹿皮衣，随母出入。

山中自从太子来后，禽兽尽皆欢喜，前来依附太子。干涸之池，皆生泉水。树木枯槁，重复花叶。诸毒消灭，不为人害。甘果繁茂，取用不竭。太子每天无事可做，就领带儿子，常在水边，同禽兽游戏，或抛一白石，到极远处，令雀鸟竞先衔回，或引长绳，训练猿猴，使之分队拔河。金发曼坻则带领女儿，采花拾果，做种种妇女事情，或用石墨，绘画野牛花豹于洞壁中，或用石针，刻镂土版，仿像云物，毕尽其状。几人生活，美丽如诗，韵律清肃，和谐无方。

那个时节，拘留国有一退伍军人，年将四十，方娶一妇。妇人端正无比，如天上人。退伍军人，却丑陋不堪，状如魔鬼，阔嘴长头，肩缩脚短，身上疥疠，如镂花钿。妇人厌恶，如避蛇蝎，但名分既定，蛇蝎缠绕，不可拒绝，妇人就心中诅咒，愿其早死。这体面妇人一日出外挑水，路逢恶少流氓，各唱俚歌，笑其丑婿。

生来好马，独驮痴汉，
马亦柔顺，从不踢啮。

妇人挑水回家以后，就同那军人说："我刚出去挑水，在大路上，迎头一群痞子，笑我骂我，使我难堪。赶快为我寻找奴婢，来做事情，我不外出，人不笑我！"

军人说："我的贫穷，日月洞烛，一钱不名，为你所见，我如今向什么地方得奴得婢？"

妇人说："不得奴婢，你别想我，我要走去，不愿再说！"

军人相貌残缺，爱情完美，一听这话，心中惶恐，脸上变色，手脚打战。

妇人记起一个近年传说，就向军人说道："我常常听人说及叶波国王太子须大拿，为人慷慨大方，坐施太剧，被国王放逐檀特山中，有一男一女，尚在身边，你去向他把小孩讨来，不会不肯！"

军人说："身为王子，取来做奴做婢，唯你妇人，有这打算，若一军人，不愿与闻。"

妇人说："他们不来，我便走去，利害分明，凭你拣选。"

那退伍军人，不敢再做任何分辩，即刻向檀特山出发。到大水边，心想太子，刚一着想，中河就有一船，尽其渡过。这退伍军人遂入檀特山，在山中各处找寻须大拿太子所在处。路逢猎师，问太子住处，猎师指示方向以后，就忽然不见。

退伍军人按照方向，不久便已走到太子住处。太子正在水边，训练一熊做人姿势泅水。遥见军人，十分欢喜，即刻向前迎迓，握手为礼，且相慰劳，问所从来。

退伍军人说："我是拘留国人，离此不近。久闻太子为人大方，好施乐善，因此远远跑来，想讨一件东西回去。"

太子诚诚实实地说："可惜得很，你来较迟，我虽愿意帮忙，唯这时节，一切已尽，无可相赠。"

退伍军人说："若无东西，把那两个小孩子送我，我便带去，作为奴婢，做点儿小事，未尝不好。"

太子不言。退伍军人再三反复申求，必得许可。太子便说："你既远远跑来，为的是这一件事，你的希望，必有归宿。"

那时两个小孩，正同一老虎游戏，太子把两人呼来，嘱咐他们："这军人因闻你爸爸大名，从远远跑来讨你，我已答应，可随前去。此后一切，应听军人，不可违拗。"

太子即拖两儿小手交给军人，两个小孩不肯随去，跪在太子面前，向太子说："国王种子，为人奴婢，前代并无故事，此时此地，有何因缘不可避免？"

太子说："天下恩爱，皆有别离，一切无常，何可固守？今天事情，并不离奇，好好上路，不用多说！"

两个小孩又说："好，好，我去我去，一切如命。为我谢母，今便永诀，恨阻时空，不可面别！我们俨若因为宿世命运，今天之事，不可免避，但想母亲失去我等以后不知如何忧愁劳苦，何由自遣！”

退伍军人说：“太子太子，我有话说。承蒙十分慷慨，送我一儿一女。我今既老且惫，手足无力，若小孩不欢喜我，一离开你以后，就向他们母亲方面跑去，我怎么办？你既为人大方，不厌求索，我想请你把那两个小孩，好好缚定，再送把我。”

太子就反扭两小孩子手臂，令退伍军人用藤蔓自行紧缚，且系令相连，不可分开，自己总持绳头，即便走去。两个小孩不肯走去，退伍军人就用皮鞭捶打各处，血流至地，亦不顾惜。太子目睹，心酸泪落，泪所堕处，地为之沸。小孩走后，太子同一切禽兽，皆送行至山麓，不见人影，方复还山。

那时各种禽兽皆随太子还至两小儿平时游戏处，号呼自扑，示心哀痛。小孩到半路中，用绳缠绕一银杏树，自相纠缪，不肯即走，希望母亲赶来。退伍军人仍用皮鞭重重抽打不已。两小孩因母亲不来，不能忍受鞭笞，就说：“不要再打，我们上路！”上路以后，仰天呼喊，“山神树神，一切怜悯，我今远去为人做奴做婢，不知所止，不见我等母亲，心实不甘，请为传话母亲，疾来相见一别！”

金发曼坻，时正在山中拾取成熟自落果实，负荷满筐，正想带回住处。忽然左足发痒，右眼蠕动，两乳喷汁，如受吮吸，心中十分稀奇，以为平时未曾经验，必有大变，方做预示。或者小孩有何危险发生，不能自免，正欲母亲加以援救。想到此时，即刻弃去果筐，走还住处。有一狮子，因知太子把儿女给人，实为心愿，恐妃一回住处，由于母子私爱，障碍太子善心，就故意在一极窄路上，当道蹲踞，不让金发曼坻走过。

金发曼坻就说：“狮子狮子，不要拦我，愿让一路，使我过身！”

狮子当时把头摇摇，表示不行。到后明知退伍军人，业已走去很远，无法追赶，方站起身来，令妃通过。妃还住处，见太子独自坐在水边，瞑目无视。水边林际，不见两儿。即往草屋求索，也不在内。便回到太子身边，追问小孩去处。

妃子说：“我们小孩，现在何处？”太子不应。妃子发急，又说，“你听我说，不要装聋，我们小孩，现在何处？快同我说，告我住处，不应隐瞒，使我发狂！”

妃子如此再三催促太子，太子依然不应。妃极愁苦，不知计策，就自怨自责：“太子不应，增加迷惑，或我有罪，故有此事！”

太子许久方说：“拘留国来一穷军人，向我把两个儿女讨走，我已送他带去多时！”

金发曼坻听说这话，惊吓呆定，如中一雷，蹩地倒下，如泰山崩。在地婉转啼哭，不可休止。

太子劝促譬解，不生效验，太子因此想起一个故事，就向失去儿女那个母亲来说：“你不要哭，且听我说，这有理由，你不分明！这事有因有果，并不出于意外。你念过大经七章没有？经中故事，就是我等两人另一时节故事。那时我为平民，名鞞多卫，你为女子，名曰陀罗。你手中持好花七朵，我手中持银钱五百，我想买你好花，献给佛爷，你不接钱，送我二花，求一心愿。你当时说：愿我后世，做你爱人，恩怜永生，如大江水。我当时就同你相约：能得你做夫人，为幸多多，但我先前业已许愿，愿我爱人，一切能随我意见，不相忤逆，随在布施，不生吝悔。你当时所说，为一‘可’字。今天我把小孩送人，你来啼哭，扰乱我心，来世爱怜，恐已因此割断！”

曼坻听过故事，心开意解，认识过去，只因心爱太子，坚强如玉，既然相信从布施中，可以使两人世世生为夫妇，故不再哭，含泪微笑，且告太子：“一切布施，皆随所便。”

那时有一大神，见太子大方慷慨，到此地步，就变作一人，比先前一时退伍军人还更丑陋，来到太子住处，向太子表示自己此来希望：“常闻太子乐善好施，不逆人意，来此不为别事，只因我年老丑恶，无人婚娶，请把那美丽贞淑金发曼坻与我，不知太子意思如何？”

太子说：“好，你的希望，不会落空。你既爱她，把她带去，你能快乐，我也快乐！”

金发曼坻那时正在太子身旁，就说：“今你把我送人，谁再来服侍你？”

太子说：“若不把你送人，尚何成为平等？”

太子不许妃再说话，就牵妃手交给那古怪丑人。大神见太子舍施一切，毫不悔吝，为之赞叹不已，天地皆动。这神所变丑人，就把曼坻拖去，行至七步，又复回头，重把曼坻交给太子，且说：“不要给人，小心爱护！”

太子说：“既已相赠，为何不取？”

那丑人说：“我不是人，只是一神，因知慷慨，故来试试。你想什么，你要什么？凡能为力，无不遵命。”

曼坻即为行礼，且求三愿：一、愿从前把小孩带去的退伍军人，仍然把小孩卖至叶波国中；二、愿两个小孩不苦饥渴；三、愿太子同妃，早得还国。那大神一一允许。又问太子，所愿何在。

太子说：“愿令众生，皆得解脱，无生老病死之苦。”

大神说：“这个希望，可大了点儿，所愿特尊，力所不及，且待将来，大家商量！”

话已说毕，忽然不见。

那时拘留国退伍军人，业已把两个小孩带回家中，妇人一见，就在门前挡着，大骂退伍军人：“你这坏人，心真残忍，这两小孩，皆国王种子，你乃毫无慈心，鞭打如此！今既全身溃烂，脓血成疮，放在家中，有何体面！赶快为我拖上街去，卖给别人，另找奴婢，不能再缓！”

军人唯唯听命，依然用藤缚执，牵上街衢，找寻主顾。军人心想居奇发财，取价不少，人嫌价贵货劣，莫不嗤之以鼻。辗转多日，乃引至叶波国。

既至叶波国中，行通衢中，叫卖求售。大臣人民，认识是太子儿女，大王家孙，举国惊奇，悲哀不已。诸臣民就问退伍军人：“凭何因缘，得这小孩？”退伍军人说：“我非拐骗，实向其爸爸讨得！”有些人民，就想夺取，且想殴打军人，发泄悲愤。中有一懂事明理长者，在场制止众人鲁莽行动，提议说道：“这件事情，不能如此了事。目前情形，实为太子乐于成人之善，以至于此。今若强夺，违太子意，不如即此禀告国王，使王明白，王既公正，自当出钱购买！”

诸臣禀告国王，国王闻言，大惊失色，即刻下谕宣取退伍军人带领小孩入宫。王与王后，并二万夫人，及诸宫女从官，遥见两儿，萎悴异常，非复先前丰腴，莫不哽咽。

国王问询退伍军人：“何从得到这两小孩？”

退伍军人说：“我向太子求乞得到，所禀是实。”

国王即喊近两个小孩，把绳索解除，想同小孩拥抱接吻，小孩皆哭泣闪避，若有所忌，不肯就抱。

国王问退伍军人，应当出多少钱，方可卖得这一男一女，退伍军人一时不知如何索价，未便作答，两小孩同时便说：“男的值银钱一千，公牛一百头，女的值金钱二千，母牛二百头。”

国王说：“男子素为人类所尊重，如今何故男贱女贵？”

男孩便说：“国王所说，未必近实。后宫婇女，与王无亲无戚，或出身微贱，或但婢使，王所爱幸，便得尊贵。今王独有一子，反而放逐深山，毫不关心，所以明白显然，知必男贱女贵！”

国王听说，感动非常，悲哀号泣，如一妇人。且因王孙耶利慧颖杰出，爱之深切，就说：“耶利耶利，我很对你父子不起。你已回国，为什么不让我抱你吻你？你生我气，还是怕这军人？”

耶利便说：“我不恨你，我不怕他。本是王孙，今为奴婢，安有奴婢受国王拥抱？我不敢就王拥抱！”

国王闻言，倍增悲怆，即一切如其所言，照数付出金银牛物与退伍军人。再呼两儿，儿即就抱。王抱两孙，手摩小头，口吻各处创伤，问其种种经过。又问两孙：“你爸爸妈妈，在山中住下，如何饮食，如何生活？”

两个小孩一一作答，具悉其事。国王即遣派一大臣，促迎太子。那大臣到山中时，把国王口谕，转告太子，并告一切近事，敦促太子回国。太子回答：“国王放逐我等远离家国，山中思过，一十二年为期。今犹刚过三年，为守国法，年满当归！”

大臣回国如太子所说，禀启国王，国王用羊皮纸，亲自做一手书，复命一大臣，把手书带去，送给太子。那书信说：

……一切过去，即应忘怀，你极聪明，岂不了解？去时当忍，来时亦忍，即便归来，不胜悬念！

太子得信以后，向南作礼，致谢国王恕其已往罪过。便与金发曼坻，商量回国。

山中禽兽，闻太子夫妇将回本国，莫不跳跃宛转，自扑于地，号呼不止，诉陈慕思。泉水为之忽然涸竭。奇花异卉，因此萎谢。百鸟毁羽折翅，如有所丧。一切变异，皆为太子。

太子与妃同还本国，在半路中。先是太子出国前后情形，三年以来，为世传述，远近皆知。敌国怨家，设诈取象，种种经过，亦皆全在故事中间。心有所恧，赎罪无方。此时太子回国，敌国怨家，探知消息，即便派遣大使，装饰所骗白象，金鞍银勒，锦毯绣披，用金瓶盛满金米，用银瓶盛满银米，等候在太子所经过大道中，以还太子，并具一谢过公文，恭敬而言：

前骗白象，愚痴故耳。因我之事，太子放逐。故事传闻，心为内恧。赎罪无方，食息难处。今闻来还，欢喜踊跃。兹以宝象奉还太子，愿垂纳受，以除罪尤！

太子告彼大使，请以所言转告：

过去之事，疚心何益。譬如有人，设百味食，持上所爱，其人食之，吐呕在地，岂复香洁？今我布施，亦若吐呕，吐呕之物，终还不受！速乘象去，见汝国王。委屈使者，远劳相问！

于是大使即骑象还归，白王一切。即因此象，两国敌怨，化为仁慈。且因此故，两国人民，皆觉人不自私其所爱，牺牲之美，不可仿佛。

太子还国，国王骑象出迎。太子便与国王相见，各致相思，互相拥抱，相从还宫。国中人民，莫不欢喜，散花烧香，以待太子。

自此以后，国王便把库藏钥匙，交付太子，不再过问。太子恣意布施，更胜于前。

……

故事说完以后，在座诸人，无不神往。赞美声音，不绝于耳。商人也就扬扬自得，重新记起一个被大众所欢迎的名人风度，学作从容，向人微笑，把头向左向右，点而又点。

有一个身儿瘦瘦的乡下人，在故事中对于商人措辞用字有所不满，对于屋中掌声有所不满，就说："各位先生，各位兄弟，请稍停停，听我说话。叶波国王太子，大方慷慨，施舍珍宝，前无古人，如此大方，的确不错。但从诸位对于这故事所给的掌声看来，诸位行为，正仿佛是预备与那王子媲美，所不同的，不过一为珍宝，一为掌声而已。照我意见说来，这个故事，既由那位老板，用古典文字述叙，我等只需由任何一人，起立大声说说：'佳哉，故事！'酬谢就已相称，不烦如此拍掌，拍掌过久，若为另一敌国怨家，来求慈悲，诸位除掌声以外，还有什么？"

那时节山中正有老虎吼声，动摇山谷，众人闻声，皆为震慑。那人在火光下一面整理自己一件东西，一面就说："各位先生，你们赞美王子行为，以为王子牺牲自己，人格高尚，远不可及。现在山头老虎，就正饥饿求食，谁能砍一手掌，丢向山涧喂虎没有？"

各人面面相觑，不作回答。那人就向众人，留下一个微笑，匆匆促促，把门拉开向黑暗中走去了。

大家都以为这人必为珠宝商人说的故事所感化，梦想牺牲，发痴发狂，出门舍身饲虎的，因此互相议论不已。并且以为由于义侠，应当即刻出门援救这人，不能尽其为虎吃去。但所说虽多，却无一人胆敢出门。珠宝商人，则以为自己所说故事，居然如此有力，使人发生影响，舍身饲虎，故极傲然自得。见众人议论之后，继以沉默，便造作一个谎话，以为被这故事感动而舍身饲虎的事情，数到这人，业已是第三个。众人皆愿意听听另外两个人牺牲的情形，愿意听听那个谎话。

店主人明白若自己再不说话，误会下去，行将使所有旅客失去快乐，故赶忙站起，含笑告给众人："出门的人，为虎而去，虽是事实，但请放心，不必难过。原来那人是一个著名猎户。"众人闻言，莫不爽然自失。珠宝商人，虽想再诌出另外那两次牺牲案件，一时也诌不出了，就装作疲倦，低头睡觉。因装睡熟，必得伪作毫无知觉，故一只绣花拖鞋分明为火烧去，也不在意。一个市侩能因遮掩羞辱，牺牲一双拖鞋，事不常见，故附记在此，为这故事做一结束。

为张家小五辑自《太子须大拿经》

一九三三年一月二十日在青岛

编者说明

沈从文，二十世纪中国最优秀的作家之一。湖南凤凰人，早年投身行伍，一九二四年开始文学创作，是白话文革命的重要践行者和代表作家。沈从文文采斐然，笔耕不辍，以湘西的人情、自然、风俗为背景，凭一颗诚心，用最干净的文字缔造了纯美的湘西世界，也由此奠定了他在中国现代文学中的独特地位。

从文先生的小说和散文，大大丰富了中国现代文学的审美形象，湘西世界反映出的对自然的感怀和对纯粹人性的渴望，也引起了广大读者的共鸣。其晚年主要从事中国古代服饰研究，编著的《中国古代服饰研究》填补了中国文物研究史上的一项空白。

参考现已出版的各种相关文集，我们精心选取了沈从文作品中的经典篇目，并根据题材和内容特色对所选篇目重新编排。在编校过程中，我们力求保持作品原貌，只对所选作品原文的个别字词、标点符号及相关引文进行了修订和校正，以飨读者。

限于学力和经验，在编校中难免有错讹疏漏之处，敬请广大方家、读者斧正。

编　　者